U0545392
某天
成為公主
WHO MADE ME A PRINCESS?
어느 날 공주가 되어버렸다
NOVEL
III
EDITION
AUTHOR. PLUTUS
ILLUST. SONNET

WHO MADE ME A PRINCESS
某天
成為公主
WHO MADE ME A PRINCESS?
CONTENTS

CONTENTS

Chapter X
噩夢

十天後，克洛德終於睜開了眼睛。

這件事理所當然讓整座皇宮陷入騷動。即便克洛德命在旦夕的消息只有少數人知曉，但這並不意味著皇帝受傷的事能被完全掩蓋。再加上當時受邀參加茶會的名媛可不止一兩位，不管再怎麼努力，也不可能將事情完全隱瞞下來。眼下值得令人慶幸的是，我和克洛德都安然無恙地清醒過來了。

「公主殿下，您怎麼又起來了？」

其實直到現在，我都沒能完全從那段如噩夢般的經歷中清醒過來。

「您應該好好休息才能快點恢復健康。請快回床上去吧。」

「爸爸呢？」

我看著剛走進房間的莉莉，問了此時此刻我最關心的問題。她卻用難以言表的神情看著我，陷入一陣微妙的沉默。只是被我這樣追問克洛德的狀況也不是一次兩次了，只見她熟練地掩飾自己的尷尬，回答了我的問題。

「陛下在寢室休息。也請公主殿下快點躺下吧，這樣才能早日康復。」

正如我千篇一律的提問，在過去一週裡，莉莉的回答也同樣一成不變。我想即使再多問幾次，她大概也不會改變答案，於是我假裝被莉莉的安撫說服，重新躺回被窩。

「我馬上幫您泡杯熱茶。如果您覺得冷或有哪裡不舒服，請一定要告訴我。」

「知道了。」

她仔細地為我蓋好棉被後，才離開房間。

自從上次在茶會上暈倒，莉莉就比以前更過度地保護我。我聽說當時的情況相當危急，但我現在已經沒什麼大礙了。更何況，克洛德的病情應該比我還糟……

「……」

唰。

我靜靜地躺著，把蓋在身上的被子拉到鼻子下面。

在過去這一週裡，我都沒有見到克洛德。

一想到這，不久前發生的事又一次在我的腦海中隱隱浮現。

❖ ❖ ❖

「妳到底是誰？」

當聽到這句話時，我甚至懷疑是不是自己的耳朵出了問題。

這個人在說什麼？難道是我聽錯了？應該是吧？

儘管我盡可能以樂觀的態度思考眼前的狀況，但崩潰的絕望感早已在內心深處悄悄蔓延。那一刻，克洛德看向我的眼神，竟冰冷得讓我只能無措地站在原地、無法動彈。

「沒聽見我在問妳話嗎？咳咳……」

克洛德又問了一次，試圖從床上起身。然而，他才剛撐起身體，就突然抓住胸口痛苦地呻吟，讓我瞬間忘記了他剛才說的話。

「啊，不行！您還不能亂動！」

我急忙抓住克洛德的手臂，想要阻止他的動作。他的臉都已經蒼白得毫無血色，竟然還想隨意起身！剛剛明明還像是死了一樣躺著欸！

克洛德的視線移向了我抓住他的手。緊接著，他的眼神似乎有些動搖。

「菲力斯！」

只聽克洛德喊了一聲菲力斯的名字。

啊，對了！克洛德醒來了，我應該去叫在門外待命的菲力斯和莉莉！還要請御醫過來查看克洛德的狀況。克洛德看起來比想像中正常，但總感覺不太對勁……等一下，他是在胡言亂語吧？他剛才不是還問了我是誰嗎？

「陛下？」

聽到克洛德的呼喚，菲力斯立刻推開門走了進來。他看起來對克洛德終於清醒這件事感到十分驚訝，畢竟直到我來之前，克洛德一直處於昏迷之中。

「陛下！」

菲力斯似乎不敢相信眼前的畫面，呆愣愣地站在門口，但他很快地就換上激動的表情跑到克洛德身邊。

咳咳……當然，是跑到克洛德躺著的床旁，像我一樣半跪了下來。

「天啊，您終於醒過來了！真是太好了！」

淚水在他的眼眶打轉，看起來隨時都會哭出來。跟隨菲力斯一起進來的莉莉也瞪大雙眼，用手摀住了自己的嘴。

「你們這是什麼反應？好像我睡了十年一樣。」

克洛德看到他們的反應，反倒露出不解的表情。

聽到這句話，菲力斯埋怨地看向克洛德，似乎在譴責他這種時候竟然還在開玩笑。

克洛德卻皺著眉頭，彷彿無法理解菲力斯大驚小怪的反應。一瞬間，不好的預感自我內心深處緩緩浮現。

「你今天臉色怎麼那麼差？才一晚不見，你怎麼老了這麼多？」

「您太過分了！我是因為擔心誰才變成這樣的啊？而且才不是一天，陛下您已經昏迷了整整十天。」

「什麼？」

聽到這番話，克洛德再度皺起眉頭。此時的他無法判斷菲力斯是吃了熊心豹膽在和他開玩笑，還是真的瘋了而胡言亂語。但菲力斯顯然是認真的，甚至連站在他身後的莉莉也含著淚點了點頭。然而，克洛德依舊無法理解眼前發生的一切。

我從剛才就一直屏著呼吸觀察他的表情。一股莫名的不安從脊粱向上蔓延，彷彿刀刃般劃過我的心臟。

克洛德沉默片刻，直視著菲力斯的臉，就像要用眼神在他身上鑿出一個洞。

「這種廢話之後再說。」

克洛德似乎認為哽咽的菲力斯不可能給他一個合理的解釋，他把頭轉向我，再次開口說道。

「比起這個，是誰允許你隨便讓人進入我的寢殿？」

他冷冽的嗓音劃破空氣。

「啊，非常抱歉。是臣沒有察覺到陛下的良苦用心。」

菲力斯這才終於意識到克洛德不滿的心情。他隨著克洛德的目光看向我，急急忙忙地開口道歉。我猜他可能以為克洛德的意思是「既然你知道她看到我昏迷不醒的樣子會擔心，為什麼不先徵求我的同意再讓她進來」。

但我知道克洛德並不是那個意思。此刻他的眼神如同霜雪一般冷漠。當那冷冽的瞳孔望過來的瞬間，我不自覺地放開了他的手臂。

「妳是什麼東西？如果是刺客，在妳踏入房間的瞬間，應該就會被碎屍萬段。」

我現在的表情應該和剛才的克洛德一模一樣吧。

我完全無法理解他的話，只能呆呆地愣在原地。

不、不對，雖然從未期待這個人醒來見到我之後會流下喜悅的淚水，但……現在這到底是什麼情況？這完全不是一般人預想中的正常反應吧？

「是誰？是誰把這麼年幼的小丫頭帶進我的寢室？」

不只是我，菲力斯和莉莉也一臉不明所以，他們兩人張大了眼睛，一句話也說不出來。

克洛德繼續苛薄地開口說道。

「是蒙貝勒克那隻老狐狸？還是拉海爾那個瘋子？不管是誰，那個人都徹底瘋了。到底是哪個垃圾叫妳來的，快點從實招來。要是妳肯如實以告，我可以放妳一條生路，只將那個人斬首。」

見狀，菲力斯用困惑的表情問道。

「陛下，您在說什麼？」

「這還用問嗎？當然是我前面這個丫頭。」

克洛德用下巴指著的東西無疑就是「我」。

「陛下您那、那是什麼意思？難道您是在說公主殿下？」

「公主？哪來的公主如此大膽，竟敢闖入朕的寢室？」

這一刻，除了克洛德以外的所有人都愣在原地。

「你以為我會因為她是其他國家的公主，就縱容她的行為，不敢殺了她嗎？」

他似乎真的不認得我了。

這個難以置信的事實讓我一時之間說不出任何話。

——妳到底是誰？

他睜眼後那句冰冷無情的話語正不斷在我的腦海迴盪。

「陛下，難道您真的不認得公主殿下了嗎？」

「妳是那個丫頭的侍女？」

聽這語氣，看來他不只不認識我，就連莉莉也不記得了。在震驚之下向克洛德提問的莉莉也露出了不敢置信的表情，頓時啞口無言。隨後，菲力斯詫異地喊道。

「陛下！請您仔細回想，阿塔娜西亞公主殿下是陛下唯一的親生骨肉啊！也許是您剛清醒過來，所以記憶有些混亂……」

「菲力斯，你瘋了嗎？我何時有親生骨肉了？」

面對菲力斯的辯解，克洛德露出一臉不悅。

我茫然地看著眼前的克洛德。

他能從死亡邊緣醒來是一件好事，不過這到底是怎麼一回事？莉莉和菲力斯看起來也非常震驚。對我來說，這一切都感覺好不真實。

什麼？他不記得我了嗎？不，這怎麼可能？啊……這該不會是整人的玩笑吧？

「這是什麼整人節目嗎？」

「什麼？」

我呆呆地說出這句話，菲力斯和莉莉都驚訝地看向我。不、不會吧？他們不是在整我吧？對，從一開始就很不對勁。包括克洛德一看到我就像等待已久似地坐起身，還有他突然說的那些奇怪的話。想想也是，他為了救我讓自己陷入危機，這怎麼想都很荒謬吧？

「你們是不是在整我？這種玩笑一點都不好笑。」

說完之後，我再次看向克洛德，並對著半撐在床上的他伸出手。

真是的。再怎麼樣，也不能開這麼重的玩笑吧。我差點信以為真，嚇到心臟都快跳出來了。啊，還好這只是個玩笑……

「爸爸……」

「找死嗎？」

一道冷漠的聲音傳進耳中，我的手頓時停在半空中。

「竟敢在朕面前胡說八道？」

剎那間，四周的空氣彷彿徹底凍結。

「不過……仔細一看，妳的眼睛確實具有皇族的象徵。」

我只能茫然地盯著他冰冷的眼睛。

「只要挖掉那雙眼睛，妳就不會再亂說自己是我的女兒了吧？」

此刻的他不是我所認識的克洛德。我停在半空中的手微微地顫抖了一下。

這是怎麼一回事……？為什麼他會用那種充滿敵意的眼神看著我？

面前的人竟然把我當成素未謀面的陌生人，一股怪異的違和感瞬間將我籠罩。

「等一下……」

對上他冰冷的視線，我感覺自己快要喘不過氣了。片刻後，克洛德似乎在我身上發現了什麼令人難以置信的東西，只見他驚訝地皺起眉頭並開口道。

「妳的身上為什麼有我的魔力……呃！」

話說到一半，克洛德發出一道壓抑的呻吟，隨後便見他彎下腰，一灘濃稠的黑血瞬間在雪白的床單上暈染開來。

「呃！」

「陛下！」

血液沿著克洛德修長的手指不斷滴落。

「陛下！我、我去叫御醫！」

「為……什麼我……嗚！呃！」

砰！

我慌亂無神的瞳孔中，倒映著克洛德痛苦蜷縮著上半身、再次嘔出大量黑血的畫面。房間裡很快就被血腥味充斥。菲力斯著急地飛奔而去，莉莉也慌亂地擦拭著克洛德嘴角的血跡。但不管怎麼做，克洛德還是不停吐血，在床鋪上留下大片黑紅交錯的駭人痕跡。

不知所措的我彷彿石頭般定在原地，只能呆愣地看著他的模樣。

更之後的事情我幾乎不記得了。

只記得不久後，御醫和一群看似魔法師的人們匆匆忙忙跑進克洛德的寢殿，引發了一場不小的騷動。後來莉莉告訴我，我因為昏迷了好幾天，剛醒沒多久又受到巨大的精神衝擊，導致體力耗盡而再次暈倒。在御醫簡單治療之後，我被送回了綠寶石宮。

自那之後，我再也沒有見到克洛德。

❖ ❖ ❖

此後，我的日常十分平凡。吃飽睡，睡飽吃，吃飽睡，睡飽吃……說真的，這樣的生活方式已經不能稱之為平凡，幾乎可以說是無所事事了。可能是有過兩次嚴重的昏迷經歷，現在的我像溫室裡的植物一樣被小心翼翼地照顧著。

我向莉莉和菲力斯問起那些被我邀請來參加茶會的名媛們怎麼樣了，得到了她們都已被安全護送離宮的消息。先不論其他人，珍妮特那時候因為待在我身邊，被某種奇怪的力量波及而暈倒，讓我很是擔心。根據莉莉得到的消息，她受的傷勢非常輕微，不久後就醒了。那天之後，小黑也一直安分地待在後院。

聽到這個消息，我終於鬆了一口氣。

這次的意外是我的錯，雖然我可能沒資格這樣說，但幸好其他人沒有因為我和小黑而受傷。不過，我不明白為何克洛德到現在還對小黑採取放任的態度。他難道不知道是我觸碰了小黑才導致魔力暴走嗎？

我望著天花板發呆。這麼一想，我也已經很久沒見到菲力斯了。最初幾天，他還會來告訴我克洛德的狀況，最近卻完全沒有消息。自從克洛德醒來後，菲力斯就暫時離開，前去克洛德身邊照顧他。

這是我要求他這麼做的。我覺得克洛德的狀態很不尋常，至少需要一個可靠的人待在他身邊。因此，菲力斯就像九年前那樣和克洛德形影不離。

從他偶爾抽空來見我時告訴我的內容中可以得知，克洛德的病情好轉了不少。他已經不再吐血，臉色也比剛醒時好了許多。

更重要的是，他已經開始重新處理被耽擱的國事了。

聽到這個消息，我真的鬆了一口氣。

我就知道他會沒事。克洛德是什麼人啊，哪會因為這點小事就死了呢？他會親自替我阻擋魔力暴走，肯定也是有能力做到。克洛德看起來就像能徒手打敗熊的那種人！他絕對不可能為了救我而賭上自己的性命……是吧？除非他是個傻瓜，否則根本不可能明知萬分凶險還挺身而出吧？他什麼時候變成那種會為他人犧牲的人了……

我再次反覆思考了好幾遍。他一個昏迷好幾天的人醒來之後不好好休息，沒過多久就又開始工作，讓我有點不高興。他真的完全不懂要照顧自己的身體欸，他以為自己是鐵做的嗎？

只是不知從何時開始，我的抱怨又延伸出小小的疑惑和不安。

他到底為什麼不來看我呢？如果他已經能夠起床處理國政，為什麼不來綠寶石宮見我一面？他可以來關心我有沒有受傷或過得好不好啊。他難道不好奇嗎？

克洛德忘記我的這件事一直讓我十分不安，但菲力斯和莉莉都告訴我，克洛德只是昏迷太多天，剛醒來記憶還有些混亂。

他是否還在生我的氣呢？我完全可以理解……而且我也很清楚克洛德這次受傷的原因正是我，所以縱有有千言萬語想質問他，我也開不了口。

我應該先去見他……如果是以前的話，我一定馬上就跑去石榴宮……然而現在，我卻對去見克洛德這件事感到猶豫。

在這般反覆糾結的日子裡，時光一天天地流逝了。

❖ ❖ ❖

啾啾啾。

我呆呆地看著小藍在鳥籠裡啁啾。

最近除了呼吸，我幾乎沒有做其他事情。除了吃飯和睡覺，我大部分時間都像現在這樣看著小藍發呆。

雖然來綠寶石宮幫我看診的御醫每次都說我的恢復速度很快，已經可以正常生活了，但我還是無法回到之前的狀態。更何況莉莉、瑟絲和漢娜都有點過度保護，有一段時間我幾乎沒踏出過房間。

某一天，我終於下定決心走出房間。幸運的是，房間外沒有任何人，我的行動沒有受到任何阻攔。但當我散步了一段距離後，便遇到了一個熟悉的人。

「啊，公主殿下！」

我遇到的是漢娜，她似乎剛完成消毒工作，手裡正拿著一條冒著煙的熱毛巾。

「您還不能出來！」

「我現在沒事了。我只是想出去走走。」

看到我獨自離開房間，她驚訝地迅速向我跑了過來。但我無視她勸阻，繼續自顧自走向樓梯。反正在綠寶石宮裡，真正能夠管我的只有莉莉和菲力斯，但他們現在都不在這裡。

漢娜嘗試跟上，並再次說服我。

「但您的臉色仍然很蒼白。」

後。

「那只是我好久沒有曬太陽了。」

不管她怎麼苦口婆心地勸說，都沒有起任何作用。最後，她只好無奈地跟在我的身後。

「小黑在後院嗎？」

聽到我毫無預警地隨口提問，漢娜的腳步瞬間一頓。

「那個……公主殿下，您還是先回房間休息如何呢？我馬上送下午茶給您。今天我們特別準備了很多您喜歡的蛋糕。」

雖然只有一瞬間，但已足夠讓我察覺到不對勁。

「我想去後院看看。」

「公、公主殿下！」

我無視漢娜的叫喊，逕自走向後院。只見無法阻止我的行動，漢娜這才急忙轉身去找莉莉。我沒有在意，繼續朝著我的目的地前行。

沒過多久，我便來到了後院。不知道為何，小黑平時所在的位置卻空蕩蕩的。我已經好久沒有來看小黑了。由於上次的魔力暴走是因我和小黑而起，還因此讓克洛德受了重傷，所以我一直都是向莉莉詢問小黑的情況，沒有直接來後院看牠。老實說，因為這件事，我無法像之前那樣毫無顧忌地來找小黑了。

此時小黑卻不知道跑到哪裡去了。也對，後院很大，牠可能在其他地方玩。

「小黑！」

我開始在後院裡尋找小黑的身影，但無論我怎麼叫喊、怎麼尋找，小黑始終沒有出現。

「公主殿下！」

不久後，莉莉帶著漢娜向我跑來。她看著在尋找小黑的過程中弄得滿身泥濘的我，不知道該怎麼開口。

「莉莉，小黑在哪裡？」

我朝她問道。

和漢娜一樣，她始終不肯正面回答我的問題。這讓我頓時想到了一種可能性。

「難道牠被爸爸帶走了？」

「公主殿下，事情不是那樣的……」

「爸爸是不是說要殺了小黑？」

莉莉的嘴一張一闔，似乎想說些什麼，卻不知道該怎麼開口。

「我要去找爸爸。」

「不行，公主殿下！」

我不顧莉莉的勸阻，決定朝石榴宮走去。克洛德今天既不在寢室，也不在書房。找遍了宮中的每一處，依舊沒看到我要找的人，我只好再次來到室外，朝著克洛德平常會去散步的花園走去。

「公、公主殿下！」

克洛德就在那裡。

站在他旁邊的菲力斯看見我，忍不住驚訝地瞪大了眼睛。克洛德的目光也隨即移到了我身上。我已經很久沒有像這樣看著克洛德了。以前每天都會見到他，現在突然有好一陣子沒有他的消息，總感覺這段時間特別漫長。

他看起來比我想像中還要健康。他的氣色非常好，與之前消瘦的樣子相比似乎多了一些光澤。他現在可以在花園中散步，應該代表行動上也沒有任何問題。畢竟，距離我們最後一次見面已經過了三週左右，這段時間足夠讓他康復了。

我屏住呼吸，站在那裡靜靜地看著克洛德。奇怪的是，這段時間我雖然一直很想見他，但當我真正見到他時，卻突然不知道該說什麼才好。總覺得有什麼自己也不甚明白的東西卡在喉嚨裡，讓我一句話也說不出口。直到此刻，我才突然明白了一件事——啊，看來我遠比自己以為的還想念他。

我張開嘴巴，想開口說些什麼。就在這時，菲力斯一個箭步站到我和克洛德之間，擋住了我的去路。

「公主殿下，現在不是時候。請您先回到綠寶石宮……」

「菲力斯。」

從剛才就一直冷眼看著我的克洛德終於開了口。

「是的，陛下。」

菲力斯緊張地回應。他用一種我不能理解的眼神看著我，似乎想告訴我什麼，卻又無法直接說出口。他看起來十分焦急，同時也像在竭力隱瞞著什麼。緊接著，克洛德冷冽的聲音再次響起。

「為什麼那個丫頭還在我的宮中，搞得像這裡是她家一樣？」

我站在原地，驚訝地看著他。

「陛下，阿塔娜西亞殿下是……」

「夠了。」

克洛德就像聽到了什麼低級笑話般，打斷了菲力斯的話。

「公主。公主啊。」

他的嘴角勾起一絲冷笑。

「真搞笑。」

我看著面前的克洛德，無法對他無情的嘲諷作出任何反應。

「朕沒有孩子，為何她會被稱為公主？」

只聽我身旁的菲力斯突然倒吸了一口氣，當克洛德冷漠的眼睛直視著我時，我也不自覺地止住了呼吸。

「是誰派妳來的？是哪個瘋子敢指使妳冒充我的女兒？」

現在站在我眼前的克洛德，與我五歲時初見的他和意外發生前的克洛德，全部都不一樣。現在的他……

「有人告訴妳這麼做的話，就可以獲得金銀財寶嗎？」

現在的克洛德完全把我當成了陌生人。在克洛德的眼中，我並不是他的女兒阿塔娜西亞。

「我不知道妳用了什麼狡猾的手段騙過菲力斯和其他人，但這招對我沒用。」

我不知道他說的是什麼手段，但如果我沒有理解錯，他現在似乎認為我對其他人施展了魔法，冒充自己是公主殿下。

即使知道眼前的人不再是我熟悉的克洛德，我還是傻傻地開口呼喚道。

「爸爸……」

「爸爸？」

克洛德對我的呼喚感到十分不可思議，他嘲諷般複述了一遍，隨後比方才更為冷冽的寒氣陡然將他籠罩，緊接著，他開口低聲警告。

「閉嘴。如果妳再這樣叫我，我一定會割掉妳的舌頭。」

那一刻，我的心臟不受控制地怦怦狂跳。

這是克洛德第一次如此直白地威脅我。現在回想起來，他似乎從來沒有對我說過這種話。

「如此無禮的行為，就算馬上把妳五馬分屍也不為過，但我對妳無恥的舉動稍微有些興趣，所以才特地饒妳一命。」

他似乎在警告我，如果不聽他的話，他會傷害我，甚至殺了我……但不管怎麼樣，我都是他的女兒。即使是被他冷落在紅寶石宮的時候，我是他女兒的事實也不曾改變。

「從現在開始，把這個丫頭幽禁在綠寶石宮。」

聽到克洛德的話，一旁的菲力斯忍不住驚呼道。

「陛下！這太過分了！」

之後他又說了不少話來勸阻克洛德，但我已無暇顧及。

我木然地站在原地，看著眼前既熟悉又陌生的人。

「如果想留下這條小命，就老老實實待在妳的宮殿裡。」

克洛德冷漠地看了我一眼，隨後便轉身離開。

「要是敢再出現在我面前，到時候我一定會殺了妳。」

陽光出奇地刺眼，讓我幾乎看不清眼前的景象。

克洛德離開後，菲力斯似乎用嚴肅的口吻對我說了些話，但那已經沒有任何意義了。

克洛德剛才那番近乎殘酷的話語仍在我的耳邊不斷迴盪，彷彿要將空氣凍結一般，讓我再也無法聽見其他聲音。

❖❖❖

我不敢相信克洛德竟然真的失去記憶。

菲力斯在護送我回綠寶石宮的路上告訴了我這件事，我聽完後忍不住笑了出來。

不是吧？失去記憶？那種事不是只在小說或電視劇裡才會出現嗎？

霎時間，我意識到了一件非常重要的事。啊，對耶。這是小說吧？《可愛的公主殿下》不就是這本書的書名嗎？

莉莉和菲力斯發現我似乎受到了很大的打擊，他們猶豫了一會兒，在告知我要好好休息後，便安靜地離開了房間。從他們的表情，我幾乎可以體會到他們沮喪的情緒。後來我才知道，他們之所以費盡心思不讓我離開房間，是因為克洛德一直都處於那種狀態。根據菲力斯的說明，從克洛德清醒後第一次見到我開始，他就完全失去了與我相關的所有記憶。

這意味著克洛德完全忘記了與我度過的這九年時光。即使菲力斯試圖向他解釋我是誰，克洛德還是堅定地認為菲力斯是被黑魔法控制。他甚至還跟菲力斯說，就算他死而復生，也不可能有女兒。

「唉……」

回想起克洛德方才冷漠的眼神和所說的話，我不禁再次苦笑。現在這個情況真是太荒謬了。不管我怎麼想，一切都像一場精心布置卻漏洞百出的謊言。但我今天見到的克洛德、一直陪在他身邊的菲力斯和努力阻止我離開房間的莉莉都在告訴我——這一切都是真實的。難道克洛德真的罹患了狗血八點檔裡才會出現的那種失憶症？

「太不像話了。」

我無奈地笑了笑，順勢倒回床上。這一切都太不真實了。接下來我該怎麼辦呢？一想到克洛德冷漠的眼神，我的心就像被沉重的大石頭壓著一般難受。

——如果想留下這條小命，就老老實實待在妳的宮殿裡。要是敢再出現在我面前，到時候我一定會殺了妳。

克洛德雖然否認我是他的女兒，但還是留下了我的性命。不過他有一個條件，就是要我一輩子都不能離開綠寶石宮。

幽禁。

這就是他下達的命令。

這是真的嗎？如果我離開綠寶石宮，出現在他面前，他真的會殺了我嗎？

回想起克洛德的眼神，我覺得這是非常有可能的，但我還是無法接受。

我怎麼沒想到他是真的忘了我呢？不……我是真的一無所知嗎？那為什麼直到今天以前，我都沒有主動去找克洛德，而是聽從菲力斯和莉莉的話，一直待在房間裡呢？如果克洛德不來找我，我就應該去找他啊。即使莉莉因為擔心而阻攔，只要我堅持的話，她也沒辦法阻止我的。

「啊……我真笨。」

我仰躺在床上，用手遮住臉。即便沒人看到，我也不想暴露自己的情緒。也許我早已察覺，從克洛德清醒開始，他那異常冷淡的態度就不會只是曇花一現。他是真的失去記憶、再也不記得我了。我只不過是不願意承認這個事實罷了。

離開房間之前，莉莉和菲力斯都在盡力安慰我，雖然克洛德現在不認得我，但過一段時間，他肯定會找回記憶。此時此刻，我也真心希望事情會這樣發展。也許克洛德會立刻開門走進來，告訴我一切都是開玩笑，是因為我太大意才會造成這次意外，所以他假裝失憶來教訓我；又或者，明天克洛德就突然恢復記憶了也說不定？

但……我真的有那麼幸運嗎？

我的人生是不是其實充滿了各種不幸，只是我沒有察覺而已？

一想到這，令人毛骨悚然的不安再次朝我襲來，讓我久久無法平靜。

這股不知從何而來的不安無人可傾訴，亦無人可消解，所以我只能徹夜未眠，在惶惶之中迎來了黎明。

❖ ❖ ❖

「公主殿下，其實還有一件事要告訴您。」

第二天，在我稍稍鎮定下來之後，莉莉緊緊抓住我的手，對我說道。

「小黑其實不是陛下帶走的。」

莉莉露出了擔憂的表情。猶豫片刻之後，她終於說出了這些天一直隱瞞我的消息。

「那天圍繞在您和陛下四周的魔力消失後，牠就不見了。」

聽到這裡，我不禁反問道。

「什麼？那是什麼意思？」

「就是字面上的意思。茶會結束後，我們找遍了宮中各處，都沒見到牠的蹤影……」

莉莉的聲音漸漸變得模糊。突然，我想起之前路卡斯曾說過，小黑是由我的魔力形成的，要是牠被我吸收的話，就會完全消失。他也告訴過我，我小時候暈倒正是因為經常接觸小黑，牠身上魔力移轉到我身上，才會導致魔力失衡。

「真的很抱歉，我覺得公主殿下得知小黑失蹤一定會更加傷心，所以一直瞞著您。」

我也有想過這次可能是類似的原因才造成魔力暴走……但小黑真的完全消失了嗎？

「公主殿下，您還好嗎？」

看我沉默不語，莉莉露出擔憂的神情，小心翼翼地詢問我。事實上，我的腦袋仍是一片混亂。太多事情和意外猝不及防地降臨，讓我直到現在都還沒能完全理解在我身上發生的一切。

「我沒事。」

說完之後，我抽出被莉莉握住的手，站起身來。

小黑不見了。在宮裡任何地方都找不到牠的蹤影，牠完全消失了。好奇怪，我覺得現在的一切就像是一場夢，完全沒有任何真實的感覺。

「我想休息一下。我昨天一整夜都沒睡，現在好睏。」

莉莉原本還想對我說些什麼，但她似乎覺得說再多都是無謂的安慰，最後只告訴我要好好休息便離開了房間。

房間裡又只剩下我一個人。我仍然待在原地一動也不動，時間也彷彿要將我徹底遺忘般，繼續自顧自地不停流逝。

真奇怪……為什麼我總覺得身邊的東西正在逐漸消失呢？就好像在不知不覺間，屬於我的東西正一點一滴地被無情剝奪。突然間，我感覺心裡空蕩蕩的，就像被遺棄在路中央的孩子，一個人手足無措、完全不知該如何是好。我以前從未體會過這種失落，所以覺得十分奇怪。過了一段時間，我才終於頓悟了一般，不自覺地喃喃自語起來。

「啊，原來如此。」

突然在我身上降臨的好運就這樣毫無預警地消失，所有事情就像回歸原位那樣。我一直以為，是醒來之後的這段時間我沒有身在現實中的感覺，所以心情才變得很奇怪。現在回想起來，應該是我成為阿塔娜西亞之後，就完全遺忘了現實，現在才會有種新墜入現實的不真實感吧。

失落？所屬之物被人剝奪的感覺？是從何時開始，我竟有了這種奢侈的想法？

成為阿塔娜西亞之後，我得到了以前想都不敢想的東西。難道現在將一切收回，我就會活不下去嗎？我是從什麼時候開始變得這麼脆弱了？就因為這些小事受傷和動搖？

在我成為阿塔娜西亞之前，我本就是孤身一人。

克洛德、莉莉、菲力斯、小黑，還有我在綠寶石宮中認識的所有人和累積的所有回憶，雖然這些人事物對我而言十分重要，但即使他們突然在我眼前消失，我知道我依舊可以好好地活下去，我能像一切不曾發生那樣、安然無恙地繼續生活。

是啊，我必須這麼做。

我本就不該把這種突如其來的好運當成無償的饋贈。現在的我就像珍藏在懷中的糖果突然被搶走般，以致於心情低落、眼眶泛淚。但這才是正常的。其實之前的我才奇怪吧，我怎麼可能這麼幸運呢？竟然覺得自己可以擁有這個世界的一切，真是不可思議。

有了這種想法之後，我原本混亂的思緒逐漸清晰，狂亂的心跳也慢慢恢復正常。原本填滿心臟的東西開始像砂礫一樣慢慢從我體內流逝，取而代之的是一股奇異的空虛感。相對地，我也不再感到悲傷或疼痛。對我來說，這是我熟悉的、習以為常的感覺，所以我很滿意。

啾啾啾。

我微微轉過視線，只見籠中的青鳥正發出婉轉的鳴叫，聲聲切切、孤單淒涼。

❖
❖
❖

我有好一段時間都過得和往常一樣。

仔細一想，現在的生活對我來說其實一點也不差。反正打從在這個世界第一次睜開眼睛，我的目標不就只有一個嗎？

那就是生存。

到目前為止，我之所以在克洛德面前裝可愛、裝乖、裝作非常非常喜歡爸爸，不全都是為了生存？所以我不該產生錯覺。儘管和他在一起的生活比想像中愉快，但我也不該忘記自己的初衷。

所以說，只要乖乖待在綠寶石宮，我的目標不就能達成了嗎？克洛德已經明確地告訴我，只要不出現在他面前，他就不會殺了我。而且這次雖然引起了克洛德的注意，他仍答應不會殺我，相比小時候每天都在擔心他何時會找上門來索命的情況，現在這樣好多了。

是啊，當我試著樂觀地看待這一切時，就會發現我現在的處境並沒有那麼糟。那些服侍我的侍女姐姐們都還在，皇宮對我的金援也沒有停止，這不就是我夢寐以求的有錢的無業遊民生活嗎？

一想到這些，我就覺得這正是我十四年來最完美的未來藍圖。與我過去飽受折磨的生活相比，克洛德失去記憶不僅不是一件壞事，反而可能是件好事。也對，既然改變不了現實，不如樂觀地看待它。

從那之後，我過起了真正的悠閒生活。每天三餐都吃得很好，有空的時候就看看書、散散步、和小藍玩耍，還總是睡到日上三竿才起床。

也許大家都認為我會因為克洛德和小黑的事情感到非常沮喪，所以莉莉和其他侍女們都沒有來打擾我。我盡情地過著飽足又平靜的生活。雖然這種生活和之前有所不同，但我選擇忽視了那種偶爾浮現的空虛感。

「讓我看看。」

某日，我從書架上取下了一本魔法書。一翻開，熟悉的內容便展現在我眼前。

魔法是一種極度罕見的異能。現今在百億人中只有十人能夠使用這股力量，且真正能夠自由運用這股力量的人，在這十人中僅有一人。他們可以利用體內或天然之物的魔力去移動或改變事物……

在我房間書架上的書，我通常都讀過好幾遍，前半段也幾乎都會背誦了。我隨意地掠過前幾章，反正開頭都是一些理論概念，而我自小就對魔法理論很感興趣，對這部分早就瞭如指掌，所以今天沒必要再讀。

簡單易懂的初級魔法！連傻子都能學會！當然，前提是你不是笨蛋。

嗯，不管看過多少遍，這句話還是讓人很火大。如果只是為了消遣而讀的話，這本書的風趣言辭還滿好笑的，但當我真的想用這本書作為教材來練習魔法時，就會感到有些煩躁。

我皺著眉再次翻頁。是的，你可能已經猜到了，今天我打算嘗試書中介紹的實戰魔法。在閒暇無事的時候，我思考了很多事……小黑消失的原因，很有可能是路卡斯所說的那樣，被我徹底吸收了。雖然不知道具體的過程，但路卡斯不是說過，小黑是我的魔力分離出來之後形成的嗎？

在我魔力暴走的那一刻，小黑便消失得無影無蹤，我覺得牠可能已經恢復原始狀態，再次成為我的魔力。當然，我必須對此進行確認。今天，我終於下定決心跟隨這本魔法書一起實踐。

那麼，該怎麼做呢？

我認真地翻閱著面前的書籍。幸運的是，使用魔法時，不需要喊出像「轉呀轉呀棒棒糖！接受吧，玫瑰綻放之力☆」這種不知所云的咒語，或是「比深淵還要黑暗的力量啊，請賜與敵人死亡吧」這種讓人毛骨悚然的吟唱。如果使用魔法時真的需要喊出這種讓人尷尬到無以復加的咒語，我可能早就放棄成為大魔法師的夢想了。而且每次路卡斯在我面前使用魔法時，我也肯定會忍不住瘋狂大笑。

我稍微幻想了一下路卡斯念著「黑暗凝聚的黑暗，死亡擁抱的死亡」這樣的咒語，但我擔心他可能會突然出現，露出猙獰的笑容並狠狠宰了我，所以馬上就停止了想像。嗯，這倒是讓我心情好了一些。

「讓我看看，只要在腦海中想像我想要的東西，然後強烈地盼望就可以了。」

雖然書中寫得很冗長，但總結起來就是這個意思。不過，這真的就是全部了嗎？說起來很簡單，實際做起來會不會很困難啊？這樣也敢出書的話，不就是詐騙了嗎？如果是這樣的話，我也可以出版魔法書了吧！

一開始，我只是出於好奇翻閱了那本魔法書。但當我真正想要學習魔法時，便立刻察覺了其中的麻煩之處。我偷偷瞄了一眼魔法書，最後還是決定按照書中的指示去做。

此時我正在看的篇章是「物質召喚魔法」，據說新手比較容易掌握。雖然有點半信半疑，我還是試著召喚了我最先想像到的東西。記得以前在網咖打工時，有個國中學弟跟我說，大家一開始通常都會先嘗試這個。

「火焰球！」

我伸出手，大聲地呼喚……然後驚訝地發現，我的眼前真的出現了一團紅色的火焰，它像隨時都可能爆炸似地劇烈晃動——我天真地以為會出現以上這種事，但這種情況想當然只會出現在書中。實際上，房間裡什麼都沒發生，甚至連根針掉到地上的聲音都能聽得一清二楚。

嗯，真是太尷尬了，應該沒人看到吧？我趕緊收回手，偷偷張望四周，確認房間裡只有自己，這才稍稍放心。

這究竟是怎麼回事！果然行不通嘛，沒用的魔法書！

換個角度想，也許是因為我體內沒有足夠的魔力來使用這種魔法。說實話，自從小黑消失後，我也不知道我的身體有沒有發生什麼變化。難道小黑沒有被我吸收？還是因為牠天生膽小，被當時的情況嚇到，然後逃到了某個地方躲了起來？之前路卡斯不也說小黑有逃跑的本能嗎？

我反倒更希望是這樣。

果然不應該隨便拿魔法書出來嘗試的。我怎麼可能突然隨隨便便變成什麼大魔法師啊。我將魔法書隨手一丟，興趣缺缺地躺回床上。魔法也沒什麼大不了的啊，嚴格來說，現在的生活對我來說就像魔法一樣。只要跟莉莉或其他侍女姐姐們請求，就能馬上得到我想要的東西。這麼一想，如果小時候真的出現動畫中的魔法棒或神燈，我根本不會想要其他小孩想要的玩具或漂亮衣服，我只希望它能給我錢、房子和美食。哎呀，我果然從小就是個現實的人。

「芝麻開門！」

久違的童心湧上心頭，我開始念起小時候動畫中流行的咒語。

「魔術魔術變變變！」

哇，我小時候經常這樣自己一個人玩欸。

「金幣出來！銀幣出來！」

我繼續念著咒語，彷彿錢幣會從眼前掉下來……

噹啷！

就在這時，某處傳來的硬幣掉落聲讓我瞬間停下動作。

咦？這是什麼聲音？我納悶地轉向聲音傳來的方向，接著看見了令我瞳孔瘋狂震動的景象。

噹啷！叮叮……噹啷！

突然之間，空中憑空出現了一枚閃閃發亮的東西，徑直掉落到地面上。我簡直不敢相信自己的眼睛，連忙從床上坐起。

噹啷！噹啷！噹啷！

我目瞪口呆地看著眼前的畫面。天啊，這是怎麼一回事？空中居然掉下來這麼多硬幣！一枚接著一枚掉落的硬幣，看起來像是之前我和路卡斯外出時使用過的銀幣和金幣。

但為什麼突然……難道是路卡斯回來了？

「路、路卡斯？」

一片寂靜。

「如果你在這裡，就出來吧！」

還是一片寂靜。

最初，我以為硬幣是路卡斯變出來的，便四處張望尋找他的身影。但空曠的房間中明顯沒有其他人在。

剎那間，我想起了方才隨口念出的咒語……難、難道？

「金幣出來，銀幣出來……？」

我一邊喃喃自語，一邊望著不斷湧現的硬幣發愣。

噹啷！嘩啦啦啦！

「呃啊！」

話音剛落，只見原本一枚一枚掉落的硬幣，突然像暴雨一樣嘩啦啦地下了起來。

「等一下，等一下！」

嘩啦啦啦啦！

銀幣和金幣像洪水般迅速淹沒了我的床鋪。

呃啊！啊啊！我該怎麼辦！呃啊！

「等、等一下！硬幣先生！呃啊！」

我驚慌失措地望著從空中傾瀉而下的硬幣。在我崩潰的同時，金色的浪潮仍不停地湧向我的床鋪。

「喂，停下！我說停下來！」

我一邊避開叮鈴噹啷落下的硬幣，一邊快速地往後退。我的床真是大得像太平洋，這是我第一次對此感到慶幸！雖然我確實很喜歡錢，但現在硬幣增加的速度實在太驚人了，我真擔心一不小心就會被它們淹沒。

「我說停下來！夠了！」

嘩啦啦！叮噹，噹啷！

在我大喊一聲之後，那如雷雨般傾盆而下的硬幣終於停了下來。

我獨自在安靜的房間裡喘著氣。到底發生了什麼事？我是在睡午覺嗎？這是夢吧？我捏了一下自己的大腿，感覺到那清晰的疼痛，這才確定眼前的一切並不是夢。

「這是什麼？」

床鋪上金銀璀璨的景象令我目瞪口呆。站在床上的我，腳趾已被這些閃亮的硬幣埋住了。

「金幣出來！哎，等等，我只要一枚！」

叮噹！

我伸出手再試了一次，隨後真的有一枚閃亮的金幣從空中掉了下來。

「哈哈……」

眼前這一幕，讓我震驚到忍不住笑了出來。

我真的做到了嗎？真的嗎？真的真的嗎？我簡直不敢相信，又隨手試了好幾次。看著那些像魔法般出現的閃亮硬幣，我這才盡興地放下了手。

哇，沒想到真的發生了這麼驚人的事……看來我現在也可以像路卡斯一樣偽造貨幣了。為什麼我想變出火焰球時，什麼都沒發生，但當我想到錢時就成真了呢？我的魔力似乎很尊重我內心貪婪的欲望呢，唉。

嘩啦啦。

我向前走了一步，被踩在腳下的金幣發出了清脆的聲響。我有些迷茫地低著頭，然後決定躺在硬幣山上。自從克洛德送給我藏寶庫後，每當想放鬆時，我都會這麼做。你聽過金幣療法嗎？這就是真正的錢做成的枕頭！

「哇，我好有錢。」

當肌膚上傳來冷冷的金屬觸感時，我突然感到一陣恍惚。這段時間發生了太多不切實際的事情，但我沒想到會有如此酷炫的事情發生。我現在會使用魔法了嗎？我能成為一名大魔法師了嗎？是嗎？

「太神奇了。」

我並沒有因此感到非常開心。我以前總以為這一天來臨時，自己會因為太高興而笑破肚皮。難道是我還沒有徹底回到現實，所以才感覺不到興奮嗎？

「真的太神奇了。」

我躺在硬幣山上，低聲說了一句只有自己聽得到的話。

「所以小黑真的消失了啊。」

考慮到我現在可以使用魔法，之前的猜測應該沒錯了吧？雖然預先料想到這種結果，但當一切真的發生時，我那已然空洞的內心還是會升起一陣難以名狀的寒意。

其實，我早已預料到小黑終將從我生命中消失。雖然事情發生的時間比預期還要早，但並不代表我沒有做好心理準備。啊，對了，所以那時我才會覺得路卡斯的話聽起來帶著敵意。儘管知道應該與小黑保持距離，但隨著時間流逝，我對牠的感情卻日漸深厚。難道路卡斯早就發現我對小黑的感情了嗎？每當我產生這樣的想法，都會希望有人能嚴厲地打破我自以為是的幻想，但那個曾告訴我「不要這麼天真」的路卡斯，現在卻不在我身邊了。

「這是怎麼回事？」

每當想到小黑，路卡斯的身影也會跟著在我心中閃過，讓我胸口倏然一陣緊繃。我忍不住用手摀住眼角。在這片刻之間，不知為何腦海中又浮現出克洛德的臉。

啊，真煩。真希望可以一整個禮拜都不要思考任何事，就一直睡覺。或許是魔力感受到我的心願，一股睡意油然而生。我任由濃重的睡意席捲我的意識，放任自己進入夢鄉。

❖❖❖

但如果你問我是不是真的睡了一整個禮拜？

那肯定不是。

大約兩小時後，我被某處傳來的尖叫聲驚醒。

「公主殿下！公主殿下，快起床！」

啊，是莉莉的聲音。哎呀，我睡得正香甜呢。不要叫醒我。我還想再多睡一會兒。

「公主殿下！」

看到我沒有醒來的跡象，莉莉開始搖晃我的身體。每當她搖晃我的時候，我都能聽見錢幣滑落的聲音。啊，我是在一堆硬幣上睡著了嗎？

「嗯……」

突然意識到這件事，我的身體瞬間感到一陣痠痛。

哇，這難道不是夢嗎？噢，但是我的背！好痛，到處都好痛。嗚嗚。就算我再喜歡錢，也不該在這麼硬且凹凸不平的地方睡覺啊！我的關節都發出嘎吱嘎吱的聲音了！

「公主殿下，房間裡這些是什麼？難道您將儲藏在金庫裡的東西都搬到這裡了嗎？」

看到我的房間裡堆滿了金幣和銀幣，莉莉的視線快速地左右移動，隨後便用憐憫的眼神看著我。她可能認為我壓力太大，所以命令其他人將這些錢幣搬到房間。我對她悲傷的眼神感到有些不好意思。

我真的很常去金庫摸錢嗎？在我需要放鬆時，確實會去看看克洛德送我的寶物或金庫……但我沒想到莉莉會這麼看我！

唉，我的形象怎麼會變成這樣啊？

「但我沒看到有人進房間啊……」

不久後，莉莉又提出了新的疑問。她似乎認為要避人耳目、偷偷把這麼多硬幣搬到我房間是絕對不可能的。這麼多硬幣，他們需要來來回回進出我房間好幾次才可能全部搬完，但這段期間竟然沒有被其他人發現？這裡的侍女姐姐們又不是忍者，怎麼可能做得到？

「不是的，莉莉。房間裡只有我一個人。」

我確實考慮過要不要說謊，但我最後還是決定不這麼做。畢竟，只要問問宮裡的人，莉莉馬上就能獲得答案。而且為了清理房間裡的硬幣，侍女姐姐們一定會很辛苦，更不要說此刻渾身痠痛的我連謊言都懶得想了。

我從硬幣堆中坐起身，再次站在床上，凝視著眼前這堆閃閃發光的東西。

「這些應該要清理掉吧？」

嗯，也就是說……我只要想著讓它們消失就可以了吧？

呀！消失吧！

「天啊。」

我在心裡大喊之後，房間裡的硬幣真的一瞬間消失無蹤。不知道莉莉看到眼前的景象是否被嚇了一跳，我只聽見她深深地吸了一口氣。雖然因為魔法成功忍不住笑了一下，但看到眼前的一切突然消失，其實我也嚇了一跳。喔，看來不必真的大聲說出願望才能實現。是啊，魔法書上也說只要想像就可以了。

「公、公主殿下，這到底是怎麼回事……」

莉莉雙眼的瞳孔劇烈震動。

「難道是公主殿下把它們變不見的嗎？」

聽到她震驚的聲音，我摸了摸下巴，有些尷尬地開口說道。

「莉莉，我好像變成大魔法師了！」

「什麼——？」

剎那間，莉莉尖銳的聲音劃破了空氣。

❖ ❖ ❖

回想起幾天前發生的事，我頓時感到一絲悔恨。哎呀，那時莉莉的表情……她的臉上分明露出了「我們公主殿下是不是生病了」的表情。

當然，當我在她面前變出一束花並送給她時，她再次震驚地瞪大了眼睛，似乎終於相信了我的話。

真的很奇妙耶。魔法真的這麼容易使用嗎？啊，或者說，難道我真的有大魔法師的天賦！對了，路卡斯也說過我的魔力相當強大啊！

「公主殿下，這些是寄來給您的信件。」

莉莉向我提議先不要告訴其他人我突然可以使用魔法的事。聽說，身為歐貝利亞的魔法師，即使不隸屬於皇室，也有義務向皇室申報登記，其過程非常複雜繁瑣。

而現在我正被幽禁中，這麼做只會無端引起其他人的注意。更何況克洛德已經警告過我，要是敢再次出現在他面前，絕對不會放過我。萬一他知道我可以使用魔法，絕對會認為「原來妳就是利用魔法假扮成我的女兒」，然後立刻殺了我。

當然，莉莉並沒有這麼說，這只是我個人的想法。

「從日期上來看，似乎已經過了一段時間，可能是處理得比較慢。」

我接過莉莉遞給我的信，看了看信封上的名字。我看看喔，有六封是來自參加過茶會的名媛們，其中包括了百合少女；一封來自伊傑契爾，還有兩封是我不認識的貴族，而珍妮特寄來了……五封？真的假的？其他人都只寄一封信，只有珍妮特寄了五封？

「瑪格麗塔是送您緞帶的那位小姐吧？她似乎很擔心您。」

莉莉微笑著說完之後，就先行離開了。

我帶著複雜的心情打開珍妮特最早寄來的那封信。

啊！為什麼一打開信封就聞到了一股花香？難道是信紙上的香味？真的很好聞呢，像是噴了香水一樣。再仔細一看，信封和信紙都很高級的樣子。哇，女主角的品味真好啊。不僅如此，白色的信紙上還畫著精緻的花朵圖案，上面有和她氣質非常相似的優雅筆跡。

請恕我冒昧地寄這封信給您。

今天早上，我聽聞了公主殿下醒來的消息，實在太令人高興了。這段期間，我每天都十分不安，一直擔心著公主殿下的病情。我每晚都在祈禱，希望公主殿下能早日甦醒。

讀到這裡，我被信中內容深深感動了。從她的文句中，我可以感受到她的擔憂和喜悅。這麼一想，茶會當天，當其他女孩看到小黑時都逃開了，只有珍妮特留下來關心我。

我再次閱讀起信上的字句。

那天參加茶會的其他女孩們也都十分擔心您。當陛下突然趕到後，我們便被騎士帶離現場。之後，我也是纏著亞勒腓公爵，才好不容易得知您陷入昏迷的消息，而其他女孩只是聽說您病得很重，所以我並沒有告訴任何人這件事。

啊，原來如此。

聽莉莉說，克洛德一來就將她們安置到宮殿外，所以名媛們都平安無事。而我陷入昏迷的情況，除了少數人知道外，對外基本是個祕密。那小白叔叔是怎麼知道這件事情的呢？哼，果然不能對他掉以輕心。

我一邊嘟囔著，一邊繼續閱讀那封信。信後面的內容是說她也非常希望我能早日康復。但為什麼珍妮特要寄這麼多封信呢？

我充滿好奇地一一打開珍妮特寄來的其他信件。

我聽說公主殿下詢問過我的近況。公主殿下真是位善良的人。我沒有受傷，請您不必擔心。我由衷地希望您能早日康復。

p.s. 恕我冒昧，如果不失禮的話，以後我也可以繼續像這樣寫信給您嗎？

猶豫了許久，還是決定寫下第三封信。請公主殿下原諒我未經允許再次寫信給您。但您也沒有說不可以，所以我想這樣應該沒關係吧。如果打擾到您，希望您能諒解。其實，除了身在遠方的家人，這是我第一次寫信給別人，所以感到既緊張又興奮。

啊，伊傑契爾在亞勒蘭大的時候，我確實有寫信給他，但他對我來說就像家人。順帶一提，您收到伊傑契爾的信了嗎？他也非常擔心公主殿下。不久前，我偶然看見伊傑契爾桌上的信封，收信人地址是皇室，我才知道那封信是寫給您的。

但我決定不拆穿他，因為現在我也正偷偷地寫這封信給您，沒有讓其他人知道。從某種意義上來說，他和我應該算是同伴吧？

我興致勃勃地閱讀著珍妮特寄來的信件。看來珍妮特確實有寫作的才能，她寄給我的每一封信都很有趣。

其他兩封信的內容與前面相似。一開始是擔心我的健康，後來逐漸變得像是寫給朋友的日常信件，讓我不禁輕笑出聲。

是啊，十四歲確實應該是這樣的年紀……嗯，這麼一想，感覺我又老了一點呢。還是打開其他封信看看吧。

可能因為剛才珍妮特的信讓人印象深刻，其他人的信看起來都差不多。伊傑契爾的也是，百合少女的也是，其他人的也一樣，基本都是希望我能快點康復。

我猶豫了一下，拿起剛才的信件從沙發上起身，放到窗邊的書桌上，並坐到書桌前。

讓我看看……我有信紙嗎？到目前為止，每次發出正式的茶會邀請都是由別人代筆，我從未親自寫過信。我得先確認有沒有合適的工具。

我打開抽屜翻找了一下，終於找到了可以稱之為信紙的東西。但不論怎麼看，我都覺得不太滿意。

不僅是珍妮特，其他千金和公子們寄來的信件也都精緻而典雅。如果我用這種紙回信，他們會不會覺得我是一個土裡土氣的公主呢？更何況，我收到的信紙上還散發著如此好聞的香氣。哼嗯。

最後，我叫莉莉把以前寫邀請函時用的所有紙都拿來。我從其中挑選了最美的一張，再次坐到書桌前。我選的是角落畫著好看玫瑰的信紙。

我想想，該怎麼回呢……我將筆尖放在下巴上思考了一會兒，才開始在白色的紙上書寫。

親愛的瑪格麗塔小姐，

抱歉回信晚了。之前您寄來的信，我都有好好珍藏……

❖ ❖ ❖

之後，我就經常和珍妮特信件往來。反正在綠寶石宮裡也沒什麼事做，時不時讀她的信和回信成了我的新樂趣。

「公主殿下，您最近似乎瘦了一點。」

「啊，真的嗎？」

莉莉跟我說這句話時，我正打開一封來自珍妮特的信件，一股香氣一如往常地撲鼻而來。聽到莉莉的話，我疑惑地歪了歪頭。我最近瘦了嗎？奇怪了，我最近明明就過得很舒適，每天都在吃喝玩樂，難道不應該變胖嗎？

「看來以後得準備更豐盛的食物了。」

莉莉似乎心情不太好，稍微露出了沮喪的表情。不行，如果我再吃下去，絕對會變成豬的。唉，但我實在不忍心看到莉莉這種表情，所以拒絕的話還是沒有說出口。

「公主殿下，您今天真的要去花園嗎？」

莉莉有點猶豫地問我，我看了看窗外，笑著回答她。

「嗯，天氣這麼好，待在室內太可惜了。」

只見她再次露出沉鬱的表情，勉強對我微微一笑，便離開房間去準備茶點。

啪啦。

我放下了珍妮特的信。

這次，我打算稍微思考一下，然後今晚或明天再回信。事實上，她和我之間的信件內容沒什麼特別之處，就只是平淡地分享日常小事而已。因為我們兩人都不能隨心所欲地外出，她在亞勒腓公爵宅邸和我在綠寶石宮都做了些什麼就變成了信中的主要內容。

其實，我沒想過會和珍妮特長時間交換信件，但和她的對話比我想像中還要輕鬆有趣。回想起來，我們面對面時也是如此。每當和她四目相對，我總能感受到內心的防禦逐漸弱化。

或許……之前我無法冷酷地對待珍妮特與我現在無法輕易中斷和她通信的原因並不相同。確切地來說，我對她的感情似乎正在一點一點發生轉變。如果當時我對她更接近於憐憫和同情，那麼現在的我可能是……

「因為成天無所事事，才會一直胡思亂想。」

我用雙手輕輕拍打自己的臉頰，然後站了起來。總之，我們在每隔幾天交換的信件中，都會分享彼此的日常。最近，珍妮特寄給我的信中提到了她的姨母。

說到珍妮特的姨母，正是在《可愛的公主殿下》中，幫助珍妮特成為第一公主，並陷害阿塔娜西亞的女人。就是她將還是嬰兒的珍妮特送到亞勒腓公爵家的。

珍妮特現在使用的姓氏是瑪格麗塔，她會稱呼她的姨母為「如同家人一般的夫人」。珍妮特在信中多次提到她的名字，很容易就能猜到珍妮特所說的「羅札莉雅伯爵夫人」就是她的姨母。

信中的珍妮特表示她的姨母即將來訪，她無法掩飾自己的喜悅。對珍妮特來說，姨母是她唯一的親人，能再次見到她當然十分高興。

不過，我實在無法像珍妮特一樣高興。從今天看到珍妮特的信之後，我就開始懷疑這個如蛇蠍般的女人到底又想做些什麼。難道她現在就打算採取行動嗎？畢竟在小說中，她也是在這個時候從羅札莉雅的領地來到這裡。和現實不同的是，原著裡的珍妮特此時已經結束成年舞會，並順利進入皇宮。

總之，這個消息讓我的頭腦一陣混亂，無法像往常那樣愉快地閱讀珍妮特的信。

「啊，天氣真好。」

一走出宮殿，我就用手輕輕遮住眼睛，擋住刺眼的陽光。歐貝利亞這個國家只有春天和夏天，除非下雨或太熱，天氣總是很好。

「您來了，公主殿下。」

在白玫瑰綻放的花園中，我看到的景色一如往常。反正能活動的地方就只有綠寶石宮，最近菲力斯不在的時候，我總是一個人獨自行動。也許是人類真的很擅長適應新環境，我很快就習慣了，現在宮人看到我獨自一人的時候，也不再像以前那樣露出驚訝的神色。

「如果您有任何需求，請跟我說。」

「謝謝妳，瑟絲。」

我微笑著向瑟絲道謝，她露出了和莉莉相似的、有點難過的表情，然後從我的視野中消失。但我知道她並沒有真的離開花園，應該是在某個我看不見的地方守著。

看著瑟絲消失在玫瑰叢中，一股難以名狀的不適頓時湧上心頭。真是的，最近大家只要看到我，都會露出那種表情。

每當看到她們那樣的表情，我就會覺得很不舒服，但我也無可奈何。如果我是她們，面對現在的我，可能也會有同樣的反應吧。

我嘆了口氣看向桌面，上面擺放著我喜歡的甜點。今天好像有很多巧克力口味的甜點，看來是她們為了我特意做的。哎呀，瑟絲看起來高冷，對我卻很溫柔呢。

我感動了一會兒，然後端起茶杯。實際上，莉莉和其他侍女似乎不太喜歡我一個人在花園裡喝茶，畢竟以前我總是和克洛德一起度過下午茶時光。但所有人生來就是獨立的個體，我的上一世為什麼會有單獨吃飯、單獨喝酒的風潮？那當然是因為不需要顧忌別人、想多爽就多爽啊。就像現在這樣隨便吃點心也沒問題！

再說了，只因克洛德不在我就不來花園，那不是很可笑嗎？這個花園的風景那麼優美，如果因為克洛德就不來這種好地方，那就太可惜了！綠寶石宮是皇宮內唯一屬於我的地方，即使是失去記憶的克洛德也承認了這一點。

所以我將侍女姐姐們的擔憂拋在腦後，放心地享受著周圍的風景，隨意地拿起桌子上的巧克力餅乾品嘗。看吧，我每天都吃得那麼好，中間還吃了很多零食，怎麼可能會變瘦呢？看來莉莉最近太擔心我了，才會產生那樣的錯覺。

嘩啦啦。

微風輕輕拂過草地，樹影在陽光下不停搖曳。

我拿起茶壺，將茶倒入杯中。

克洛德總是讓侍女幫他做這種事，不過我才不會那樣。我有手有腳，為什麼這麼簡單的事情還要別人幫忙？當然，皇族和貴族似乎得在別人面前保持一定的形象，但對我這個平民來說，那些規矩都不存在！再說了，現在我一個人喝茶，又沒人看，有什麼關係呢。

這麼一想，我完全褪去在克洛德面前扮演的那種矯情模樣，放鬆地坐在椅子上，把手肘架上桌子，用手撐著頭。啊，好舒服喔。不去在意他人的目光，隨心所欲地做自己喜歡的事，所以才這麼自在吧。

雖說貴族必須學習禮儀，但當我閱讀禮儀相關書籍時，發現社會對女士的要求遠比男士嚴格許多。書上總是告訴我坐姿要優雅，說話要有氣質，要保持端正的姿態。無論是這個世界還是那個世界，為什麼對女人總有那麼多的要求呢？嘖，真煩人。呸呸。

想到這，我有些不悅地喝下了茶杯裡的茶。喝完之後，口腔裡充滿了淡淡的香氣。我現在喝的是利沛茶。雖然有很多更對我胃口的茶，但自從跟著克洛德一起喝過之後，漸漸地我每次喝茶時都會選擇這一款。

我放下空茶杯，緩緩環顧四周。

百花齊放的花園裡，瀰漫著迷人的香氣。耀眼的陽光在蒼翠葉片上輕盈躍動。為我遮陽的枝葉和我腳下的草叢都被遠處吹來的風撥弄得颯颯作響。如茵的綠地上擺放著一張小茶桌和兩把椅子，桌上有我喜歡的各種餅乾和蛋糕，就和往常看到的景象一模一樣。

唯一不同的是，桌上只有一個茶杯，而我對面的座位空無一人。

我靜靜地看著這一幕，又倒了一杯茶，然後把茶壺放回原位。我凝視著眼前的茶杯，心裡倏然產生一股莫名的衝動，驅使我將茶杯移到對面。

匡啷。

我對面的位子離我有段距離，使我不得不站起身。

過了一會兒，我的茶杯在對面的空椅子前冒著熱氣。雖然無人品嘗，但放上茶杯後，我莫名感到一絲奇異的滿足。

我回到座位上，再次凝視著眼前的景象。

不久後，我抬頭望向天空。

「啊，是麻雀。」

我默默看著小鳥自天空中飛過。這真是一段悠閒寧靜的下午茶時光。

只是當我再次拿起對面的茶杯時，裡面的茶早已失去原有的溫度。

❖ ❖ ❖

「今天是陛下的誕辰。」

早上，莉莉一邊為我梳頭，一邊說道。

我打著哈欠，偷偷瞥了一眼鏡子裡的莉莉，她正仔細地檢查我的儀容。

「嗯，大家應該都很忙吧。」

沒錯，今天是克洛德的生日。但我就像聽到與我無關的事情一樣漫不經心地作出回應。

「聽說今晚會在石榴宮舉辦宴會。」

包括石榴宮在內，整座皇宮都因克洛德的生日宴會而熱鬧非常，這件事我不久前也從菲力斯那裡聽說了。

我本來也會出席那場宴會，但自從克洛德失去記憶，計畫也隨之取消。雖說成年的皇族缺席皇帝的生日宴會是一件非常不可思議的事……但生日的那個人並沒有邀請我，我還能怎麼辦。

「反正我也不會去。」

「陛下一定很快就會恢復記憶的。」

莉莉像是在安慰我一樣堅定地說道，但我只是向她微微一笑。

今天窗外的陽光依舊燦爛，小藍正乖乖地在鳥籠裡啄著種子。我覺得一直把鳥關在籠子裡可能會讓牠悶悶不樂，所以偶爾也會放牠出來。但每次放出來之後，要再把牠關回籠子裡又是一大麻煩。我聽別人說，如果好好訓練的話，可以把牠當成信鴿使用，但我要怎麼訓練牠呢？嗯，等之後有機會，應該找個鳥類專家到宮裡來。

啾啾啾。

我看著小藍啄食著碗裡的鳥食，無聊地拿起了桌上的書。這陣子被幽禁在綠寶石宮，不能直接去克洛德為我建造的專屬圖書館，所以只能請侍女姐姐們幫我把書帶來。

我半躺在沙發上翻著書。我正在閱讀的是世界文學總集，但比起這個，我更想讀些有趣的小說。不過我實在沒有勇氣讓侍女姐姐們去圖書館幫我拿之前偷偷藏起來的言情小說。

咳咳，上次從路卡斯和守門騎士那裡得到的羞辱已經夠多了。

啊，對了。不知道路卡斯現在過得怎麼樣？我不知道世界樹到底在哪裡，但我想應該是在很遙遠的地方。要是路卡斯看到我現在的模樣，一定會狠狠嘲笑我吧？

我放下書本，又開始胡思亂想，然後心血來潮地張開手掌。

「錢。」

只見掌心空無一物，什麼也沒出現。我忍不住皺了皺眉。自從那天在房間裡變出硬幣之後，我就再也沒有成功地施展過魔法。為什麼偶爾可行，偶爾又不行呢？有時候只靠想像就可以達到想要的結果，有時候再怎麼努力都沒辦法成功……

「金幣！」

還是什麼都沒有。

「金塊出來！」

依舊什麼都沒有。

唉。魔法果然不簡單……真、真是抱歉啊，路卡斯。其實在第一次成功施展魔法後，我有點太小看你了。

我放下手臂，慵懶地倒在沙發上。

「公主殿下，我可以進來嗎？」

「進來吧。」

門被應聲推開，漢娜看到我懶散地躺在沙發上，微微愣了一下。

「公、公主殿下，您怎麼看起來很累的樣子？」

漢娜對待我的態度實在過於小心翼翼，感覺就像面對剛進入青春期的侄子或姪女。

「我做了瑪德蓮要給公主殿下。」

「哇，看起來很美味。」

看到漢娜帶來的點心，我方才委靡的精神立刻恢復了過來。好事果然總會在吃完飯後發生！不愧是從小到大一直負責我的點心的漢娜。

「話說，是我的錯覺嗎？今天宮裡好像特別安靜？」

「啊，因為準備宴會的人手不太夠，我們宮裡有幾個人跟著瑟絲一起被調去幫忙了。」

啊，原來是這樣。大概就是「我們忙著準備宴會，妳們一副閒閒沒事的樣子，那就過來幫忙吧」這麼一回事吧。

「所以今天瑟絲整天都會待在石榴宮。」

「漢娜，妳會覺得無聊嗎？」

「哎呀，怎麼連公主殿下也這樣？我和瑟絲又不熟。」

漢娜小聲地嘟囔，否認所有人都知道的事實。瑟絲和漢娜就像針和線一樣密不可分，這是我、莉莉和綠寶石宮其他侍女都知道的事。嗯，就連那些被瑟絲殘忍消滅的昆蟲也知道。

「總而言之，公主殿下，我已經吩咐廚師要特別用心準備今天的晚餐。今晚我們就一起開心地享用吧。」

漢娜的話讓我的心情產生了一絲淺淺的波動。啊，今天是克洛德的誕辰，我本應前去參加宴會，現在卻只能一個人獨自待在綠寶石宮。她是擔心我一個人會悶悶不樂，所以才特地準備了這些吧。

「嗯，謝謝妳，漢娜。」

我微笑著對漢娜表示感謝。在這溫馨的氛圍中，我當然不可能一直這麼慵懶地躺著，於是我稍微撐起身體，端坐在沙發上等待晚餐時間來臨。

那天晚上，我卻註定無法與綠寶石宮的人一起享用晚餐。

一陣凌亂的腳步聲由遠而近，一群騎士們突然闖入了綠寶石宮。

「他、他們說了什麼？」

我驚訝地看著站在我前面的莉莉。

方才突然闖入綠寶石宮的騎士們逕直走進我所在的餐廳，正在與莉莉對峙著。

「陛下有令，讓我們立刻押送阿塔娜西亞公主殿下過去。」

「押送？你們知道自己現在是在誰面前說這些話嗎?!」

「如果您不想惹怒陛下，就請讓開。」

「我不能讓你們這麼做！你們不能傷害公主殿下……啊，公主殿下！」

莉莉擋在我面前不願退讓，而那個看似領頭的騎士向其他人點了點頭，接著，所有騎士開始一起行動。

「啊啊！你們放開！」

「馬上把手從公主殿下身上拿開！」

這些騎士擔心莉莉、漢娜和其他宮人會阻撓，便把餐廳裡的所有人都控制了起來。隨後，他們從兩側抓住我的手臂，強行將我從椅子上拉起。

「公主殿下！」

啊？這到底是什麼情況？

我本來想按照漢娜白天所說，和她們一起享受美好的晚餐時光。現在宴會廳不是正在舉行派對嗎？為什麼克洛德要找我？我應該沒聽錯吧？他不是說要帶我過去，而是要把我強行押送過去？就像在押解罪犯一樣？

「阿、阿塔娜西亞・德伊・安傑爾・歐貝利亞公主殿下駕到。」

當我被押送到克洛德所在的石榴宮宴會廳時，我仍無法理解這令人難以置信的情況。站在門口的侍衛猶豫著是否應該宣布我的到來，只聽他用顫抖的聲音開口呼喊，但在他說完我的名字之前，騎士們早已帶我通過了大門。

宴會廳裡炫目的燈光讓我眼前瞬間一片亮白，幾乎什麼都看不見。即便如此，我仍被粗魯地拖著往前走去，然後被丟在紅色地毯上，對著眼前的人屈膝跪下。

「阿塔娜西亞。」

隨後，頭頂上響起一道低沉的聲音。

那冷漠的嗓音對我來說是如此熟悉。

啊，是克洛德。即使知道他的聲音沒有絲毫溫度，我還是忍不住抬起頭看向他，直視著那雙無情的眼睛。

「朕好不容易大發慈悲寬恕妳這個丫頭，而妳竟敢愚弄朕。」

克洛德冷酷的眼神瞬間將我穿透。

他坐在宴會廳的主位上，單手托著下巴，似乎對眼前的一切感到十分無趣，但那從高處俯視我的視線卻散發出冷冽如冰的藍光。

「就連今天這種日子也要惹朕不快，朕該如何處置妳才好？」

克洛德每說一句話，宴會廳就變得更加寂靜。真是奇特的景象，儘管周圍有那麼多受邀的賓客，我卻連他們的呼吸聲都聽不見。

「陛下！」

只有站在克洛德身旁的菲力斯震驚地大喊。

「陛下，您怎麼能對阿塔娜西亞公主殿下做出如此殘忍的事……！」

看著我被騎士拖進宴會廳，然後被粗魯地丟在地上，他露出了痛苦的表情，似乎無法接受、也不忍心看著克洛德下達如此殘忍的命令。

「菲力斯・羅培因。」

下一秒，那令人毛骨悚然的冷冽嗓音打斷了菲力斯的話。

「你想因反叛罪而死嗎？」

這還是我第一次看到克洛德用如此冷酷的語氣對菲力斯說話。

「都是因為你們異口同聲把她捧為公主，她才敢如此膽大妄為不是嗎？」

這也是我第一次被克洛德用如此無情的眼神凝視著。

這場宴會是為了慶祝他的生日而舉辦，但克洛德似乎比以往任何時候都更加不悅，而我很快發現，造成這一切的源頭就是我。

「帕德瑪伯爵。」

「是，陛下。」

「你覺得跪在那裡的丫頭是什麼東西？」

克洛德用依舊低沉的聲音詢問起身旁的男子。見對方猶豫不決，那冷冰冰的聲音再次在宴會廳內響起。

「為何不說話？把你剛才說過的話再說一遍，難道朕說得不夠清楚？還是伯爵突然變聾了？」

被稱為帕德瑪伯爵的男子不禁冷汗直流，猶猶豫豫地開了口。

「難道不是陛下您親自承認的阿塔娜西亞‧德伊‧安傑爾‧歐貝利亞公主殿下嗎？」

「你錯了。」

帕德瑪伯爵的答案當然是正確的。至少從目前我和克洛德的關係來看，是正確且不容質疑的。但克洛德接下來的回答，卻如一道驚雷在我耳邊轟然炸開。

「那丫頭既不是朕的女兒，也不是什麼公主。」

克洛德在前來祝賀他誕辰的貴族們面前否認了我的身分。

當這番話從他嘴裡吐出來時，周圍的人無一不感到震驚。低沉的議論聲如波浪般席捲整座宴會廳，瞬時就將孤立無援的我徹底淹沒。有人瞪大眼睛，也有人驚訝地捂住嘴，還有人與旁邊的人小聲地討論。

「從來都不是。」

在人群的注視中，一股微微的涼意自指尖蔓延至心臟，彷彿全身浸在冷水裡一般，那麻木而刺骨的絕望將我狠狠攫住。

「她從來都不是朕的女兒。」

那一瞬間，我無疑是阿塔娜西亞‧德伊‧安傑爾‧歐貝利亞，是《可愛的公主殿下》中的阿塔娜西亞。

「跪在我面前的，不過是個微不足道的罪人罷了。」

我的存在彷彿隨著克洛德冷酷的音調如塵土般消散在空氣中。

「如果有任何人膽敢在朕面前稱她為公主，無論身分高貴與否，我都會將他視為叛徒，一律斬首。」

啊，從來……我「從來」都不是他的女兒。

「呵，阿塔娜西亞，這個名字可真是個笑話。」

克洛德冰冷的嘲諷直直刺穿我的心臟。

此時此刻，他眼前的我不過是個陌生的罪人；而我眼前的他，同樣陌生得讓人絕望。

「上次看到妳那張臉，朕就下定了決心。」

克洛德再次將視線移向我。

我咬緊牙關，把鋪在地上的地毯當作唯一的救命稻草緊緊抓住。

「下次再見到妳的話，就立刻將妳處死。」

在白色水晶吊燈的照射之下，克洛德看起來就像一尊冰冷的雕像。

像原作裡，那個連女兒的名字都不曾溫柔呼喚過的……冷酷的皇帝。

「但我今天並不想見血，真遺憾。」

我眼前的人，是書中的那個克洛德。

「朕沒興致了，今晚的宴會到此為止。」

留下如匕首般銳利的話語後，他似乎失去了興致，從座位上站了起來。

「立刻把那丫頭從我眼前拖走。」

騎士們聽到命令，再次朝我走來，只見菲力斯又一次出聲阻止了他們。

「不可以，陛下！」

「菲力斯，你覺得我在開玩笑？都在幹嘛？立刻把她拖出宴會廳。」

「陛下！」

對騎士們來說，菲力斯的勸阻當然不可能比克洛德的命令重要。我再次被騎士們抓住手臂，被迫站起身。克洛德如尖刺般的話語仍撕扯著我的耳膜，一直緊咬的嘴唇也疼痛難耐。我強忍著不適，開口向緊緊抓住我的騎士說道。

「放手……然後退下。」

「這是陛下的命令。」

聽到我說的話，他們的手反而抓得更緊了。讓人反胃的暈眩感越發濃重，我咬緊牙關，用盡全力推開旁邊的人，大聲喝斥道。

「我說退下！」

啪嘰嘰！

霎時間，一股與上次魔力暴走時相似的強大魔力一把將騎士們推開。但相比前一次意外，這次的力量沒有那般強大，只是讓他們退後了幾步。

即便如此，他們依舊露出驚訝的眼神，視線在自己的手和我之間來回移動。

我緩緩深吸一口氣，用冷漠的眼神掃視眼前的騎士們。

「我並未允許你們隨意觸碰我的身體。」

周圍一片寂靜，氣氛與方才有些微妙地相似，但又不盡相同。人們驚恐地瞪大眼睛看著我和克洛德，而克洛德則是冷漠地挑起一邊眉毛看著我。

我抬起頭，直視著他的眼睛，緩緩開口說道。

「不必碰我，我會自己離開。」

從人們身上華麗的服飾，到天花板上耀眼的水晶吊燈，乃至鋪在紅色地毯旁邊、沒有任何瑕疵的大理石地板，在這奢華的宴會廳中，只有我顯得格外落魄。

但我絕不會屈服。

我像小時候練習的那樣，雙手提起裙襬，優雅地低下頭，以歐貝利亞公主而非克洛德女兒的身分，向他行禮。

「今天是個值得慶祝的日子，但您似乎不希望得到我的祝賀。那我就如您所願，先行告退了。」

在這令人毛骨悚然的寂靜中，我抬起頭看向克洛德。

「向歐貝利亞的太陽獻上祝福與榮耀。衷心地祝賀您的誕辰，陛下。」

語畢，我安靜而從容地轉身離開宴會廳。

我以為克洛德會立刻命令騎士們抓住我，但他卻出奇安靜。偌大的宴會廳裡只有我的腳步聲不斷迴盪著。我感覺背後有些灼熱，不知道是不是克洛德正在盯著我看。

我推開門，頭也不回地走了出去，離開了這個克洛德親自賦予我的地獄。

❖ ❖ ❖

可能是宴會已經開始一段時間，夜晚的皇宮顯得特別安靜。我就這樣獨自走在那條空蕩無人的白色走廊中。

喀噠，喀噠，喀噠，喀噠。

鞋跟敲擊地板的聲音在陰森的走廊裡迴盪著。起初我走得很慢，但腳步的回音彷彿難以名狀的夢魘般緊跟在我身後，於是我逐漸加快腳步，想擺脫那惱人的追逐。到後來，我幾乎是奔跑著穿越走廊，裙襬也隨之在空中飄盪。

啪噠！匡啷！

我感覺自己的腳踝扭了一下。緊接著，膝蓋和手掌也傳來劇烈的疼痛。當我回過神來，發現自己已經撲倒在潔白的大理石地板上。我咬著牙，試圖站起身，但不知為何，無力的雙腿只能將鞋跟在地上刮出刺耳的噪音。

頃刻間，我發現自己撐在地上的手正微微顫抖著。直到此時，我才意識到自己全身正止不住地輕顫。在我離開宴會廳時，緊握的掌心也被指甲壓得生疼。

我甚至不太記得自己是如何走出宴會廳，又是如何跌坐在這條走廊上。這是我第一次被迫在那麼多人前面成為焦點，也是第一次毫無防備地被尖銳的言語無情打擊。

有一瞬間，我幾乎快喘不過氣，感覺好像有什麼東西要從胃裡噴湧而出，我只能用顫抖的手摀住嘴巴，強行將令人恐懼的反胃感嚥了回去。我真的不知道自己剛才到底經歷了什麼。

「……公主殿下！」

突然，不遠處傳來呼喚我聲音，我不由自主地打了個寒顫。緊接著，那道急迫的腳步聲越來越近，只聽一道帶著喘息的低沉嗓音在我身後響起。

「阿塔娜西亞公主殿下。」

儘管克洛德曾嚴厲地警告，如果有人膽敢再稱我為公主，就要以叛徒的身分將之斬首。但眼前這個人好似不在乎一般。從聽到他的聲音開始，我就認出了他的身分，我微微偏過頭，刻意不去看他。

感受著從上方垂下的目光，我心想，如果繼續無視的話，他是不是就會自己離開了？過了一會兒，我感覺那個人的影子正在遠離，還以為自己的固執終於奏效了。因此，當一陣溫熱的觸感自腳踝傳來時，我嚇得將身體蜷縮了起來。

「恕臣失禮了。」

似乎意識到我受到了驚嚇，伊傑契爾稍微鬆開抓著我腳踝的手。他的動作彷彿在告訴我，如果他的舉止令我不適，我隨時可以按照自己的意願將他推開。

我不經意地轉過頭，看向他那半藏在陰影之下的面容。

今天是克洛德的生日宴會，伊傑契爾的穿著和上次成年舞會一樣華麗而成熟。然而一向打扮整齊的他似乎因為匆忙地追趕我，頭髮變得有些凌亂。

我靜靜地看著伊傑契爾，他再次伸出手，撿起我因跌倒而脫落的鞋子。直到現在我都沒有發現，原來我剛才跌倒的時候掉了一隻鞋。

伊傑契爾小心翼翼地幫我穿上鞋子。看到他的舉動，我的心情莫名變得十分複雜。也許是因為他的動作太過溫柔，又或著是即使目睹了宴會廳裡發生的一切，他對待我的態度仍是如此溫和有禮……這樣體貼的關懷，讓我內心壓抑已久的情緒終於徹底爆發。

滴答。

那一瞬間，伊傑契爾的肩膀微微顫抖了一下。雖然隱約感覺到他看向我的表情產生了變化，我依舊無法控制不斷落下的淚水。這全都是……都是因為伊傑契爾對我太溫柔了。

可笑的是，享受著這份溫柔的我，想起的卻是那個一直無情傷害我的人。

我已經清楚地知道自己到底失去了什麼。但當意識到這點，我突然覺得自己十分滑稽。受傷？我竟然因為克洛德而受傷？因為他否認了我的存在、無情地對待我，才會讓我如此心痛，淚水止不住地往下流？

我覺得自己真的好蠢，愚蠢到近乎可笑。

起初，我只是為了活下去演戲欺騙他，和他度過的所有時光都只是為了保命而偽裝出來的。但我現在是怎麼了？事情怎麼就變成這樣了呢？

似乎從某一刻開始，我便對他產生了自己也難以言明的感情。我不願相信他忘了我，也害怕他永遠都記不起我。和他可能會殺了我的事實相比，他的厭惡抗拒更加令我難受。

可是我不想承認這個事實。

一直以來，我都習慣孤獨一人，被迫放棄的事物也遠比擁有的事物來得多。不管我多麼渴求，那些東西於我而言就像夜空中的星星一樣遙不可及。因此，不管我有多深刻的願望，我都不能貪心；不管我多麼懇切地祈求，也絕不能表露渴望。這是我保護自己的方式，也是幫助自己免於陷入悲慘命運的唯一方法。

所以這次我也可以做到。就像回到從前那個一無所有的我，從克洛德那裡獲得的愛、溫暖和親切全部歸還……即使克洛德從我的生命中消失，我一樣可以過得好好的。

只是……每當想到這裡，我的心就痛到難以忍受。對曾經的他來說，我是比任何人都更親近的存在；但對現在的他來說，我卻比世界上的任何人都更加遙遠。習慣失去並不意味著不會感到疼痛，每當認知到這個事實，我都會感到非常孤獨。

啊，是啊。事到如今，我也不得不承認了。自從知道克洛德徹底忘了我，我就沒有一刻好過。不管再怎麼安慰自己，我還是很難受。

但我仍說著虛偽的謊言，卑鄙地欺騙自己。

這是我生平第一次感受到來自家人的溫暖，那份專屬我的溫柔讓我忍不住深深淪陷。我不知道這其實是一個潛藏在甜蜜氣息之下的無底沼澤，一旦踏入，就只能一點一點地向下沉沒。

如果我不曾體會過那種溫暖也就罷了。既然曾經擁有，我就無法靠自己的意志從沼澤中掙脫。在過去的那段時間，我每天都生不如死。更糟的是，導致我現在不幸的根源就是我自己。所以每一天我都發瘋似地不停埋怨自己，根本一刻也不曾好過。

「不要用那種眼神看著我。」

正因為這樣，我更應該表現得無所謂。

「我沒有哭。」

如果不那樣做，我肯定會徹底崩潰。

「是，臣什麼都沒看見。」

伊傑契爾並沒有嘲笑我那微不足道的固執。他將視線從我身上移開，默默地陪著我，直到我臉頰上不再有淚水淌落。遠處的白色燈光在視野中模糊得如同霧氣，將眼前的景象也暈染得如夢境般模糊不清。那種感覺，就彷彿自己正身處於一個魚缸當中。

啊，如果眼前的一切能像泡沫一樣化為烏有，該有多好。

我閉上雙眼，彷彿變成了一條沒有鰓、無法呼吸的金魚。

這個夜晚如此漫長，好似永遠都不會結束。

Chapter XS 宴會之後

「伊傑契爾！」

亞勒腓公爵看到兒子的身影終於出現在眼前，立刻朝他奔去。

今天皇帝的生日宴會早早就結束了，還留下了巨大的震撼。在成為爭議的主角阿塔娜西亞公主離開之後，伊傑契爾也跟了出去，過了好一段時間都杳無音信，讓他非常不安。

「為什麼要在那種場合去追公主？萬一你也被牽怒了該怎麼辦？」

亞勒腓公爵嚴厲地責備了伊傑契爾。雖然他無從得知原因，但阿塔娜西亞公主似乎是惹怒了皇帝克洛德，並失去了他的寵愛。不對，現在就說她失寵可能還為時過早。

雖然公主是被半拖進宴會廳，但她離開時卻是優雅得體、堂堂正正地走出大門，這樣的差別讓亞勒腓公爵忍不住多思考了一下。即使阿塔娜西亞公主甩開護衛騎士獨自離去，皇帝也沒有阻止，看來應該還沒有完全改變心意……

「總之，先上馬車吧。」

無論如何，既然克洛德已經公開聲明阿塔娜西亞公主不是他的女兒，那伊傑契爾和她同行顯然是非常危險的舉動。亞勒腓公爵在馬車裡不斷告誡伊傑契爾，從現在開始一定要和阿塔娜西亞公主保持距離。

伊傑契爾是個聰明的孩子，換作平時，他早該在父親開口前就了解他的意思，但不知為何，伊傑契爾在阿塔娜西亞公主的事情上卻總是表現出曖昧不明的態度。

「父親。」

伊傑契爾終於開口。

「您總是告誡我要理智行動。」

「沒錯。」

「雖然不確定我是否有達到您的期望，但我自認為到目前為止，都有好好聽從您的教導。」

這是無庸置疑的。伊傑契爾至今從未讓亞勒腓公爵失望過，他是一個值得引以為傲的兒子。

「但我今天……」

接下來從伊傑契爾口中說出的話，完全出乎了亞勒腓公爵的預料。

「第一次覺得那樣根本毫無意義。」

「什麼？你是什麼意思？」

羅傑．亞勒腓完全不能理解他兒子現在到底在說些什麼，而伊傑契爾緊接而來的低沉話語，更是讓他震驚得瞪大了雙眼。

「父親，我沒有勇氣再看見她的眼淚了。」

伊傑契爾堅定不移地直視著他的父親。

「也沒有自信能夠原諒那些讓她哭泣的人。」

即使這些話是如此令人難以置信，伊傑契爾的聲音依然十分堅定。羅傑．亞勒腓一時之間啞口無言，甚至還結巴了起來。

「伊傑契爾，你……」

伊傑契爾口中的「她」無疑是指阿塔娜西亞公主。羅傑．亞勒腓在意識到這件事的瞬間，眼裡頓時被震驚淹沒。

從窗外透入車廂內的微弱光芒將伊傑契爾和羅傑．亞勒腓的側臉都染成了金色。亞勒腓公爵在微光中看到伊傑契爾比任何時候都還要堅定的眼神，意識到不管他再說什麼，都已經無法說服自己的兒子。

「你難道是認真的？」

面對這個問題，伊傑契爾沒有做出任何回應。但這無疑是一種默認。

車廂內再次陷入一片沉默。

過了一會兒，羅傑．亞勒腓長發出一道不知是低吟還是嘆息的聲音，開口說道。

「今天的事與我無關，你應該知道吧？」

「我明白。」

伊傑契爾的話並沒有就此打住。

「但不能保證今後的事也與您無關。」

剎那間，羅傑．亞勒腓皺起眉頭。他似乎明白兒子的意思，但基於從過去建立起的信任，他還是不願意相信心中的答案。只是伊傑契爾接下來的話，卻為他帶來更大的衝擊。

「如果父親正在策劃的事情會對她造成傷害，我恐怕無法坐視不管。」

「這就是你的決定嗎？」

「非常抱歉，父親。」

羅傑．亞勒腓再次陷入沉默，盯著坐在他對面的兒子好一陣子。

「唉……」

他突然嘆了口氣，苦笑著呢喃。

「大家都說孩子總是無法百分之百如父母所願。我一直都覺得那是在說別人家的小孩，沒想到你也會這樣。

「這件事之後再說吧。」

一陣疲憊朝羅傑．亞勒腓襲來，最後他只能摸了摸臉，結束了對話。畢竟他還沒有完全站定陣營，不管選擇珍妮特或阿塔娜西亞公主都沒有太大的關係。儘管他在今天的宴會上看到阿塔娜西亞公主的情況不太好，但不管怎麼說，這是唯一的兒子第一次在他面前表達了自己的真實想法。

在抵達宅邸之前，亞勒腓公爵都緊鎖著眉頭，陷入沉思。

然而，漫長的一天還沒有結束。

他們一進到宅邸，就看見了淚流滿面的珍妮特。

「我剛剛收到一封信，信上說姨母、姨母她……！」

看到珍妮特如此失態的樣子，羅傑．亞勒腓迅速從她手中抽走那張皺巴巴的紙頁。

在看完信件的內容之後，他的表情瞬間凝固。

❖
❖
❖

「是用銀盤好呢，還是用花盆底盤好呢？」

莉莉安聽到一旁傳來的提問，疑惑地轉過頭。原本正在用抹布擦拭樓梯欄杆的瑟絲，此時正陷入沉思。

「用拖把好像也行。」

「妳在說什麼？」

瑟絲摸著欄杆的手勁，還有她望向虛空的眼神，看起來都有點凶狠。聽見莉莉安疑惑的聲音，瑟絲這才轉過頭來，回答了問題。

「我聽說衝擊療法很有效，如果用力敲陛下腦袋幾下怎麼樣？」

「瑟絲，妳是想因不敬罪而入獄嗎？」

如果被其他人聽到，這段話足以讓她因違逆皇帝被關進地牢。不過莉莉安知道瑟絲的心意，也知道她不會隨便在其他場合口無遮攔，所以只是深深嘆了口氣，繼續整理花瓶裡的花。

「照這樣下去，根本不知道陛下什麼時候才會好轉啊。」

其實莉莉安的想法也和瑟絲差不多。

她下意識輕咬自己的嘴唇，回憶起幾天前發生的事。

阿塔娜西亞公主能夠從皇帝的生日宴會上完好無缺地平安歸來已是不幸中的大幸。然而，那天發生的事情仍然讓人難以輕易忘懷。

陛下那時候怎麼……怎麼能派人來押送公主殿下呢？

平時優雅又溫柔的莉莉安一想到那天公主遭受的無理對待，就會不知不覺地咬牙切齒。阿塔娜西亞公主被騎士們帶走時的背影不斷浮現在她的腦海中。

在公主被帶走之後，她只能和其他人一樣，焦急地祈禱公主能夠平安歸來。起初聽到阿塔娜西亞公主平安無事的消息，莉莉安感到十分開心，但當她從瑟絲口中得知宴會上發生的事情之後，她頓時有種天塌下來的感覺。

那天晚上，阿塔娜西亞公主回到綠寶石宮時，紅腫的眼角根本無法掩飾，但她卻努力保持鎮定，安撫了那些驚慌的侍女。一想到公主故作堅強的模樣，莉莉安又更加難受了。

——啊，公主殿下當時是抱著怎樣的心情呢？

被唯一的親人遺忘，光是這點就足夠讓人絕望了。再加上發生了那麼可怕的事，即使公主沒有表露出來，她的內心肯定如萬箭穿心般痛苦難耐。

雖然阿塔娜西亞公主總是堅決地否認自己難過的事實，但隨著日子一天天過去，她的臉色日漸蒼白，每夜都輾轉難眠。而這一切的一切，皆因皇帝失憶而起，再無其他可能。如今又在皇帝的生日宴會上受到這樣殘酷的對待，更是讓公主本就鬱鬱寡歡的心情雪上加霜。

瑟絲被徵調去石榴宮當迎賓的宮女，親眼目睹了整件事發生的經過。她在描述時，都氣得眼眶發紅，漢娜則是一聽事情的經過就開始嚎啕大哭。自從那天之後，莉莉安至今都無法好好入睡。

「黑塔魔法師是不是有辦法治好陛下？」

「但陛下並不承認他的病情……」

不久前出現的黑塔魔法師也許知道怎麼緩解皇帝的病情，但如果當事人不願意配合，其他人也無可奈何。

「唉，真讓人擔心。」

「我也好擔心。啊，可憐的公主殿下。這件事情到底該怎麼辦才好？」

莉莉安不只擔心阿塔娜西亞公主，也十分擔憂皇帝克洛德。阿塔娜西亞公主受到的傷害已經無法挽回，但如果將來皇帝找回了記憶，那這段時間發生的種種，也定將成為一把刺進他心臟的匕首。

真希望所有人都不會再受到任何傷害。至少在誕辰宴會之後，皇帝沒有再來找公主。這可以算是一件好事嗎？莉莉安原本還擔心皇帝會因宴會上的事對公主大發雷霆，所幸什麼事都沒有發生。

「今天來做公主最喜歡的巧克力蛋糕吧。」

「我也來幫忙。」

莉莉安一邊思考，一邊嘆了口氣。

最近她幾乎都泡在擔心的情緒裡，整天愁眉不展。

Chapter XI 再見了，爸爸

「公主殿下，您今天不看書嗎？」

莉莉看我今天也懶散地躺在沙發上，小心翼翼地問我。

「書沒什麼好看的。」

我一大早就躺在這裡，觀察沿著天花板移動的陽光。不、不對，把我的行為稱為觀察有些不妥，說到底我只不過是無意識地盯著天花板而已……這種行為該怎麼稱呼呢？我找不到恰當的詞來形容。可能是最近沒什麼事情要做，像這樣無所事事地發呆似乎變成了我的日常愛好。

我嘗試著想找到一個恰當的詞彙來描述我現在的行為，但我很快就感到厭煩，停下了思考，再次呆滯地望著天花板。我什麼想法都沒有，腦袋裡空蕩蕩的，什麼想法都沒有……

「已經三點了。需要我拿一些點心給您嗎？」

「不用了。」

這幾天，我幾乎沒有任何吃東西的欲望，便拒絕了她們的提議。莉莉、漢娜和瑟絲似乎都對我拒絕點心這件事感到非常震驚，但人總有改變想法的時候，對吧？

其實我知道她們這幾天一直因為我而坐立難安。雖然對此感到十分抱歉，但為了顧慮他人的感受而強行偽裝自己的心情，這種反覆的日常真的讓我疲憊至極。所以即使知道她們很擔心我，我還是每天無所事事地度日。

不知為何，連珍妮特都沒有再寄信過來了。我真正意義上過起了無親無友的孤獨生活。這不正是克洛德期望我展現出來的、那種花瓶公主的生活嗎？

可惜莉莉並沒有放棄。

「那您要不要去散散步呢？天氣很好喔。」

「好麻煩……」

「不行。越是這種時候，您越應該出門活動活動。如果您想一個人待著，我就不跟著您了，好嗎？」

莉莉果然最會說服人了。她竟能讓這幾天都不肯離開沙發和床的我站了起來！儘管失去了所有熱情，我依舊無法拒絕莉莉那懇切的眼神。最終，我還是接受了她的提議，讓她把我推出房間。

「公主殿下！」

「您要出去散步嗎？」

瑟絲和漢娜在門口徘徊，不曉得她們是否早有預謀。當我走出房門時，她們立刻轉過頭，用水汪汪的眼神看著我。

「您這麼想就對了。」

「是啊。您都不知道今天的天氣有多好。」

她們似乎很高興我終於走出房間。哎唷，她們的這種反應，搞得好像我之前盡做些不好的事。

「我去去就回。」

她們三個和走廊上的其他侍女們都熱烈地歡送我。

我帶著些許尷尬，踏出了綠寶石宮。

一走出門，耀眼的陽光立刻自頭頂上灑落。

啊，好刺眼。

我突然想起自己已經很久沒有像這樣直接曬到太陽了。總而言之，既然都出來了，我決定先在附近逛一逛再回去。

應該不會有人在上面監視我吧？我抱持著懷疑抬起頭，但窗戶上反射著陽光，我根本看不到裡面的情況。最後，我只能瞇起眼睛，再次低下頭。

自從被幽禁在綠寶石宮，我幾乎沒有什麼能去的地方，外出的服裝也輕便了許多。正因如此，當我像這樣散步時，感覺比以前更舒服、更自在了。

我按照莉莉的建議，一邊欣賞著四周的樹木、草葉和天空，一邊慢慢地在宮殿周圍散步。

過了一會兒，我來到一座開滿白玫瑰的花園。

這座花園中的白玫瑰，比之前克洛德和我一同享用下午茶的地方更多更迷人。這裡是以前我隨口說了句「玫瑰花很漂亮」之後，克洛德特地為我蓋的花園之一。

我沿著花園中央的小路，欣賞著這些潔白如雪的花朵。我伸出手，指尖很快就碰觸到盛開的花瓣和鮮綠的葉片。我一邊感受著花葉拂過手上的觸感，一邊緩緩地向前邁進。前進了一小段路，我的腳步再次慢了下來，原本在花叢中穿行而過的手掌，此時卻漫不經心地捧住一朵，接著倏然用指尖折斷了花柄。

喀嚓。

我低下頭，手裡的玫瑰在陽光的映照下顯得更加潔白無瑕。我靜靜站在原地，任由花朵自手中墜落。隨後，我又伸手摘了另一朵。不知為何，當看到花園中整片潔白如雪的玫瑰時，我心裡竟有股想讓它們從眼前徹底消失的衝動。

回頭一看，方才被我被摘下的白玫瑰就像《糖果屋》中指引著道路的小石頭，在凌亂的草叢中散發出隱隱的光輝。我默默站著看了一會兒，再次將身體轉向前方。

當我抬起頭時，一位和我一樣安靜沉默的男子正靜靜地站不遠處凝視著我。

颯颯。

一陣風吹來，將他金黃如蜜的髮絲吹亂，周圍的玫瑰花叢和我的裙襬也都隨著風一陣亂顫。

克洛德和我就這樣不發一語地凝視著對方。

雖然他的出現完全出乎我的意料，但當我看到站在遠處的他時，並沒有想像中驚訝。也許隱約之中，我已預料到他遲早會來找我了吧。

不同於上次宴會，克洛德並沒有對我表現出明顯的敵意。他的寶石眼彷彿被周圍的樹蔭吞噬般透著深邃的綠光。

在這既漫長又短暫的沉默中，克洛德就只是這樣冷漠地看著我，眼中不帶任何一絲情感。

又過了一會兒，他倏然邁開停在原地的腳步，我握著玫瑰的手不自覺地顫抖了一下。

颯颯。

隨著他的腳步，我們之間的距離迅速縮短。我忍不住抬起頭，看著克洛德籠罩在陰影中的面容。從近處看，他的臉色似乎不太好，感覺有很長一段時間沒有睡好或是生病了。

就在這時，克洛德緩緩地開了口。

「果然不該饒妳一命。」

我不再對他的話感到訝異。

也許是心情所致，我感覺他的低語似乎與之前威脅我的時候有些不同。

只聽那冷冽的聲音繼續傳進我的耳中。

「如果第一次見到妳，就讓妳從我眼前消失，我也不會一直那麼介意妳那張臉。」

說到這裡，他的眼睛似乎瞬間暗了下來，原本冷漠的視線中又多了一絲寒意。

克洛德向我伸出了手。

啪嘰！匡啷！

兩股無形的力量倏然於虛空湧現，互相撞擊，尖銳的嘶鳴同時刺進了我的耳膜。某種東西碎裂的聲音突兀地響起，與此同時，我的視線中閃過一道刺眼的光芒。周圍盛放的玫瑰也被那股未知的力量波及，劇烈地搖晃了起來。

我從紛亂狂舞的髮絲間，看到他異常冰冷的眼神。

「真是可笑。妳那層保護魔法中，分明充滿了我的魔力。」

他就像在複述某個無趣的笑話，語氣十分冷淡。

「雖然不知道這到底是怎麼回事，可惜魔力不會說謊。也就是說，在妳身上施加層層保護魔法的人確實是我。」

由於受到我身上保護魔法的反噬，他的手上出現了一道道彷彿被刀劃過的細微傷痕。

「但如今，要破壞它的人也是我。」

他再次向我伸出手。

轟隆！啪嘰嘰！匡啷！

「這還真是天大的笑話。」

颯颯。

白色的玫瑰花瓣在我眼前飄落。當濃郁的花香撲鼻而來，我再次聽見劃破空氣的猛烈爆炸聲。

此時此刻，克洛德是認真想殺了我。

從失去記憶的那一刻起，他並不僅僅是想嚇唬我或威脅我，而是一直真心想要殺掉我。環繞在我周身、逐漸碎裂的保護魔法也彷彿不斷提醒我這個殘酷的事實。

「妳那張臉，還有那副表情……」

克洛德從上而下俯視。

「都太礙眼了。」

啪嘰！鏘鏘！

「既然如此，還是殺了算了。」

我不知道這是對我的死亡宣判，還是他的自言自語。眼下這個問題根本無關緊要。

啪嘰嘰！鏘鏘！

克洛德在我的身上施下的層層保護魔法正接二連三地遭到破壞；與此同時，這些年來我珍藏在心底的東西也開始一點一滴徹底崩毀。

轟隆隆！啪嘰！

一道道刺耳的巨響傳進耳中，緊接著一陣狂風襲來，彷彿要把我們兩個人吹飛。克洛德越靠近我，手上的傷痕就越多。紅色的血液在空中飄散，但他就像感覺不到般沒有絲毫猶豫，彷彿今天一定要做個了結，他才會滿意。

「我會親手結束——」

其實，我想像過這種場面好幾次了。

「妳那微不足道的生命。」

啪嘰！鏘！

在很久以前，我一直擔心克洛德有朝一日會殺掉我，但從某個瞬間開始，我不再擔心那種事發生，和他見面也不再是令我恐懼的事。

將恐懼取而代之的，是屬於我們的美好回憶。在花園裡一起度過的悠閒時光，和他一起喝茶、一起摘下花園裡盛開的花，被他溫柔地抱在懷中。

轟隆！啪嘰嘰嘰！

我早已把他視為我的家人。

雖然我從未真正擁有家人，也不知道那究竟意味著什麼，但我偶爾會想，真正的父女相處也許就是這樣吧。

啪嘰！鏘鏘鏘鏘！

起初我真的很怕他，所以總是對他抱持著戒心，而他也只是把我當作短暫的娛樂。不知從何時開始，我意識到我們對彼此的情感已經不同於以往。和他相處的時光，遠比我想像的還要幸福。

「只要妳徹底消失……」

我無法埋怨他對我做出這些事……

「這些莫名的煩躁……」

一切都是因我而起。

「和只要一想到妳的臉就會湧出的不快，都會一併消失吧。」

我沒有聽從路卡斯的警告，沒有與小黑保持適當的距離，又無法控制體內的魔力，所以你才會為了保護像我這樣的笨蛋而受傷失去記憶。也許這就是我應得的懲罰吧。對，我知道。雖然知道，但是……

「所以，去死吧。」

看到不是我真正父親的你變成這樣，竟讓我的心如被撕裂般痛苦難耐。真的好痛，痛到連辯解的話都無法說出口。

「現在就死在我手中吧。」

啪嘰！匡啷啷啷！

又一道刺耳的聲音穿過在空中飛舞的玫瑰花瓣。克洛德的手幾乎要觸碰到我的頸項。他滿是傷口的手不斷滴落著鮮紅，而我剛才摘下玫瑰的手也被荊棘刺傷，不知不覺間鮮血已浸濕了腳下的草地。

籠罩著我的保護魔法幾乎消失殆盡。

也許再過不久，克洛德就能如他所願地殺掉我。

但是……

我緊盯著那雙在混亂中依舊冷酷的眼睛，咬住了自己的下唇。

啪嘰！

我不想就這樣死去。

啪沙！

至少，不想死在爸爸手裡。

鏘鏘！

我絕對不可以在你的手中死去……！

唰啊啊！

就在那一刻。

如雪花般的玫瑰花瓣在風中飛揚輕舞。一陣耀眼的白光自我眼前陡然炸開，彷彿全世界所有的黎明都凝聚於此，隨時準備吞噬周圍的一切。

只見克洛德勘勘觸碰到我脖子的手終於停了下來。

嘩啦啦。

他臉上露出不敢置信的神情。

周圍的玫瑰花瓣再次如浪潮般旋湧飛舞，某種不可名狀的白色物質隨著花瓣和光芒一起，在我眼前交織成一片白色風暴。

突如其來巨大的噪音讓我一陣耳鳴。該說這是吵雜中的寂靜，抑或是寧靜中的悲鳴呢？

我看見克洛德開口說了些什麼，但我什麼都沒聽到。

直到此時，我才意識到眼前的白色物質究竟是什麼。

那是雪白的泡沫，而泡沫來自我的身體。我正在白色的風暴中被光芒逐漸吞噬。

克洛德扭曲的臉上充斥著不知是憤怒還是驚懼的情緒。

在我的身影完全消失之前，我絕望而平靜地望向他，開口說出了最後一句話。

「再見了，爸爸。」

接著，視野內的光芒驟然消逝，濃重的黑暗又一次將我徹底籠罩。

Chapter XIS 那個爸爸，克洛德 03

眼前閃著白光的風暴在周圍肆虐。

在這股令人難以站穩的無形力量之中，克洛德愣住了。

「陛下！」

今天原本是個一如往常的閒暇日子。

克洛德從菲力斯那裡得知，今天亦是綠寶石宮舉辦茶會招待賓客的日子。他的女兒阿塔娜西亞，此刻應該在宮中度過愉快的時光。

「貿然靠近太危險了！請您後退！」

但當克洛德感知到從綠寶石宮傳來的強大魔力波動並趕到現場時，他卻沒有看到阿塔娜西亞的身影。克洛德瞬間意識到，自己要找的人正被困在那團白色的漩渦當中，而那駭人的漩渦彷彿要將一切吞噬般，隱隱散發出詭譎的魔力波動。

「菲力斯，把所有人帶離綠寶石宮。」

「是！魔法師們現在應該都收到通知了，陛下您也……」

菲力斯雙手攙扶著剛從轟然炸開的魔力中被救出來的珍妮特．瑪格麗塔。

在異常現象倏然出現的時候，她便因無形力量的反撲而昏了過去。狂風在周圍亂舞，為了讓克洛德聽到自己的聲音，菲力斯不得不大聲呼喊。但在他把說完之前，克洛德已經朝前方邁開腳步。

「陛下！」

菲力斯瞪大雙眼，大聲地呼喊，但克洛德完全無視他焦急的警告。他飄揚的金髮在風中飛舞，如陽光般閃爍著璀璨的光輝。

「不行，陛下！」

「不要吵，去做我叫你處理的事。別妨礙我。」

就算有人在背後急切地呼喊，克洛德依舊毅然決然地走進那股魔力波動之中。

啪嘰嘰！

四周的魔力像被磨得鋒利的刀刃，銳利的疼痛劃破了他的皮膚，一道淺淺的血線隨即沿著他的臉頰流下。

情況非常不妙，這意味著身在漩渦中心的阿塔娜西亞同樣面臨著極大的危險。

啪嘰！啪嘰嘰！

那股強勁的力量似乎想趕走入侵者，惡狠狠地朝他發出攻擊。即便如此，克洛德也沒有停下腳步。

他必須用最快的速度闖進風暴之中，強行阻止魔力暴走。畢竟對於他和阿塔娜西亞來說，時間所剩無幾，克洛德已經找不到更理智的做法了。在這種情況下強行介入，他們之中可能會有人將面臨生命危險。當然，克洛德早就打算獨自承擔所有的風險。如果有人知道他的想法，十之八九都會認為他瘋了。然而，現在沒有任何人能夠阻止他；即使有人試圖阻止，他也絕對不會停下腳步。

轟隆！啪沙沙！

就算要付出生命作為代價，克洛德也覺得無所謂。

啪嘰嘰！

克洛德毫不猶豫地朝著引發魔力漩渦的源頭伸出手。

那瞬間，一道耀眼的白光自他眼前爆發，將一切徹底吞噬。

❖ ❖ ❖

「這都第幾天了，你還在開這種玩笑？」

克洛德正打算在重要的外交文件上蓋章，某人的話卻讓他皺著眉抬起了頭。一大早就讓他感到煩躁的人並沒有停下來，反而自顧自地繼續說著。

「臣不是在開玩笑。臣已經告訴您很多次了。阿塔娜西亞公主殿下是陛下您唯一的……」

「菲力斯，不要考驗我的耐心。」

冰冷的嗓音打斷了菲力斯的滔滔不絕。

堆積如山的工作已經讓他很頭痛了，何況他的身體也不太舒服，偏偏菲力斯又一直說些蠢話，讓他的心情變得更加不悅。菲力斯說那是捲入魔力暴走的副作用，聽到這番話，克洛德不由得冷笑起來。

捲入魔力暴走產生的副作用？到底是怎麼回事？難道是他到了這個年紀還控制不住魔力，從而引發這場災難？又或者，他是被捲入其他人暴走的魔力？在這座皇宮之中，有哪個魔法師擁有足以讓他陷入昏迷的強大魔力？

「您之所以身體不適，正是因為您為了救公主殿下，自己以身犯險啊。」

前面那些事就已經夠荒謬了，菲力斯接下來的話更是讓克洛德瞠目結舌。

「您當時不是甩開臣的手，親自進入魔力漩渦中拯救了公主殿下嗎？」

這和他醒來時聽到自己昏迷了十天的消息一樣令人難以置信。

公主殿下？他什麼時候有女兒了？甚至為了救那位公主賭上自己的性命？

「菲力斯，你終於瘋了嗎？」

克洛德第一次聽到這番話時，真的很擔心菲力斯的精神狀態。與他記憶中相比，菲力斯的臉色顯得更加憔悴。這一夕之間到底發生了什麼，竟讓他說出如此荒唐的話？難道他是吃了什麼不該吃的東西嗎？

隨著菲力斯鍥而不捨地解釋，他突然想起自己剛醒來時出現在他眼前的那個女孩。這麼一想，她的膽子可真大，竟敢對他喊出「爸爸」這種荒謬的稱呼。以前有很多女人為了搶奪空缺的皇后之位潛入他的寢室，但這還是第一次有人自稱是他的女兒。現在回想起來，那個女孩確實有著一雙專屬於皇族的寶石眼。

「陛下的記憶似乎還有些混亂。」

菲力斯用比以往更加嚴肅的口吻說道，但克洛德並不認同。

呵，看來是那個狡猾的丫頭或是在背後支持她的人使用了黑魔法。雖然不知道她的真實身分，但如果連菲力斯都被她迷惑，那她的手段一定十分高明。菲力斯的臉在一天之內像老了十歲一樣滄桑，也可能是黑魔法的副作用吧。

克洛德想到這個自認為合理的解釋之後，才滿意地點了點頭。也許菲力斯不知道那個女孩對他施展了黑魔法，才會堅稱他失憶了。否則他怎麼可能這麼不愛惜生命，闖進魔力漩渦中去救那個女孩呢？就算那個女孩真的是他的女兒，他也不可能那麼做。他怎麼可能為了一丁點血緣關係就拿自己的生命開玩笑？他不可能做出那麼瘋狂的事。如果這一切都是真的，那他已逝的兄長大概會從墳墓裡爬出來嘲笑他吧。

從克洛德的角度來看，這一切都無法用常理解釋，他只能將一切歸咎於黑魔法的影響，然後專注治療自己的傷勢。他本來就強壯得像個怪物，過不了多久就能完全恢復。

重新開始處理國事不久後，克洛德便發現菲力斯的話在某種程度上來說是事實。當然，這與阿塔娜西亞公主無關，而是他真的失去了過去九年的記憶。

從歐貝利亞的內政到各國的外交情況，一切都和他的記憶完全不同。看完堆積在書房的文件和菲力斯特別準備的資料後，他更加確信了這一點。

事實上，克洛德從鏡子裡看到的自己和菲力斯，也都比他記憶中成熟許多。當時在寢殿吐出黑血時，前來為他查看病情的御醫和塔之魔法師看起來也變老了。哈，難不成菲力斯說的都是事實？

克洛德皺著眉頭，盯著眼前國家局勢的相關文件。

那天，他在書房苦惱地前思後想，徹夜未眠。但他只願意承認「自己失去了九年的記憶」，除此之外，他絕對不會相信自己真的有一個女兒。

「如果你有這麼多時間在那邊胡言亂語，不如坐下來幫我處理這些文件。」

克洛德把堆在桌上的文件塞到今天一大早就衝進書房、一直打擾他工作的菲力斯手中。當他轉過頭的瞬間，一張陌生的沙發映入他的眼簾。其實他已經好奇好幾天了，於是他開口向菲力斯詢問。

「話說回來，那張沙發為什麼在我的書房裡？這裡應該沒有訪客吧。」

雖然他偶爾會有急事召見貴族或臣子，但那大多是短暫的交談。如果需要坐下來商議，那他會將地點安排在隔壁的議會廳。更何況，那張沙發看起來太過柔軟舒服，不像是為了公務而設置的，不免讓人覺得十分奇怪。難道那是他休息用的？根據克洛德的記憶，他並沒有在書房休息的習慣，所以那張沙發就顯得相當可疑。

菲力斯似乎就等著這一刻。

只見他嘴角一揚，開口說道。

「那是阿塔娜西亞公主殿下來拜訪陛下時，您特地為她安排的座位，讓殿下不必站著等您。」

「什麼？」

「而且為了確保沙發足夠柔軟舒適，陛下還特地吩咐臣特別訂製。」

這段話實在太荒謬了，克洛德一瞬間竟啞口無言。

「請您再仔細看看，有沒有想起什麼？阿塔娜西亞公主殿下經常坐在這裡看您辦公。」

菲力斯就像找到水源的魚一般衝了過去，將沙發轉向克洛德，嘗試著讓克洛德回憶起往日時光。

克洛德盯著他那迫切的眼神，忍不住冷笑了一聲。

「你這次的玩笑還真新奇。」

「臣再次強調，這絕對不是在開玩笑。」

菲力斯似乎有些焦急，甚至提高了嗓門。他嚴肅的模樣讓克洛德感到很不自在，但他也不是那麼容易屈服的人。

「我也再強調一次，我現在沒有閒功夫和你開這種玩笑。既然有地方坐了，那你最好在完成我交代的工作之前都不要再發出聲音。」

如果說沙發是為了讓菲力斯工作而擺放的，似乎聽起來更有說服力。克洛德摸了摸額頭，試圖將這件關於奇怪沙發的事暫時拋到腦後，但在他抬起頭的瞬間，一個全新的疑問又一次出現在他的腦海中。

「那裡什麼時候多了棟建築？」

「阿塔娜西亞公主殿下非常喜歡閱讀。那是陛下三年前命人為公主殿下建造的私人圖書館。」

「圖書館？」

克洛德驚訝地反問，簡直要懷疑是不是自己聽錯了，隨即他又露出嚴肅的表情，反駁了菲力斯的話。

「別笑死人了，我才沒有下過那種命令。」

「我想也是。畢竟陛下失憶了嘛。」

菲力斯得意洋洋地看著他，臉上還隱隱露出對病患的憐憫之情。

見狀，克洛德不悅地皺起眉頭。很快地，他起身離開書房，朝著遠處的那棟建築物走去。

「陛下，您來了！」

「向歐貝利亞的太陽獻上祝福與榮耀！」

走近眼前的建築，克洛德冷冽的眼神中流露出一絲疑惑。

從近處看，這座建築比他想像的還要宏偉壯觀。一見克洛德出現，守在門前的騎士們馬上挺直腰桿，恭敬地向他行禮。他們看起來一個比一個還要緊張。

「你們在這裡做什麼？」

克洛德語氣不悅地問道。

他沒有任何命人建造這棟建築物的記憶，也不記得自己有派遣騎士來此站崗，眼前的一切陌生非常，讓他不禁產了一絲不適的情緒。不管是菲力斯還是那些對他說著「陛下，您來了」的騎士，所有人都表現得像他之前來過這裡一樣。

面對克洛德的質疑，騎士們似乎非常驚慌，紛紛開始向他道歉。

「屬下惶恐，陛下！」

「如果有任何護衛不周的地方，都是屬下的疏忽！」

「我們一定會加強警戒的！」

「為了確保阿塔娜西亞公主殿下的安全，屬下定當恪盡職守，用生命守護這座圖書館！」

克洛德的眉間再次蹙起。那個丫頭的法力這麼高強？為何就連守門騎士都敢在他面前提到她的名字，還宣稱要用生命保護她？

「因為之前有人未經允許進入阿塔娜西亞公主殿下的私人圖書館，所以您將守門的護衛騎士全部換掉了。」

「你到現在還在胡說八道？」

「當時陛下大發雷霆，所以新來的騎士見到您都非常緊張。」

菲力斯在一旁小聲補充，克洛德卻越發不悅起來。他的話似乎能解釋那些騎士的行為，但克洛德很快就搖頭否定了自己的想法。不對，這聽起來太荒謬了。這種鬼話怎麼可能是真的？

面對半信半疑的克洛德，菲力斯再次小聲開口。

「既然陛下都來這裡了，至少進去看一看吧。阿塔娜西亞公主殿下不在的時候，您也經常來這裡，不是嗎？」

「閉嘴。我沒有那樣的記憶。」

克洛德並沒聽從菲力斯的建議，而是有些生硬地轉過身。見此，守在門前的騎士們再次以宏亮的聲音高喊著「陛下，請慢走」，目送他離開。

只是沒走多遠，克洛德又一次停下腳步。

一股淡淡的香氣自前方撲鼻而來，仔細一看，不遠處竟座落著一座他以前從未見過的玫瑰花園。從入口處的裝飾，就能感受到那種令人起雞皮疙瘩的華麗風格，這不就是公主們會喜歡的花園嗎？

「陛下知道阿塔娜西亞公主殿下喜歡玫瑰，親自下令在皇宮各處建造玫瑰花園。」

身旁的菲力斯再次悄聲在他耳邊說明，克洛德顯然被這句話鎮住了。

「而其中又屬公主殿下所在的綠寶石宮的玫瑰花園最為美麗。兩位經常在那裡共度溫馨的下午茶時光……」

無論菲力斯說了什麼，克洛德都彷彿聽不見一樣，始終保持沉默。

就這樣又走了一小段路，菲力斯的碎念仍在持續，正朝著石榴宮前進的克洛德卻忍不住皺起眉頭。

「不只是您看到的這些，陛下還送了好幾座金庫和藏寶庫給阿塔娜西亞公主殿下。若您好奇，臣可以親自帶您去參觀。」

「菲力斯……」

「恕臣直言，即使您這樣凶狠地瞪著臣，過去發生過的事也不會消失，陛下。」

克洛德冷笑一聲，只覺得一切都太荒謬了。如果菲力斯所說的是事實，那過去的他簡直愚蠢得令人髮指。不僅不知道自己的國家已不復以往繁榮昌盛，還被一個小丫頭迷得團團轉。所以，菲力斯至今為止所說的一切都不可能是事實。

他差點就要被那些荒唐的謊言給迷惑了。除非他徹底瘋了，否則那些話根本是天方夜譚。

回到石榴宮時，克洛德的心情明顯比離開時陰鬱許多，他頭也不回直接走進寢室。

「一直聽你說那些煩人的胡言亂語，真是讓朕疲憊至極。我現在需要休息，你出去吧。」

「難道臣不應該隨時侍奉於陛下左右嗎？這樣當您有任何疑問或想不起來的時候，臣就可以……」

「立刻，滾出去。」

克洛德咬牙切齒地再次命令。

就在菲力斯正要轉身離開時，來到床邊的克洛德發現了床幔後的某樣東西。

「等等。」

他皺著眉頭，迅速走向寢室另一頭的床鋪。自從那天醒來又吐血之後，他就再也沒靠近過那張床。平時他只會在沙發上小憩，很少使用床鋪。

唰啊！

克洛德迅速走近，用力拉開床幔。隨即，他的臉因眼前的東西而變得有些僵硬。

「那些奇怪的東西是什麼？施加了魔法的符咒？」

拉起床幔後，映入他眼簾的是一張張散發著詭異氛圍的圖畫紙。上面畫著奇怪的圖案，既像人又像怪物，歪歪扭扭的筆觸足以引起克洛德的戒心，再加上這些紙被偷偷地貼在寢室裡，顯得更可疑了。

「天啊，陛下！」

菲力斯似乎也是第一次看到這些畫，他驚訝地走近觀察，並驚呼出聲。克洛德看到這副場景，立刻猜想這一定又是那個狡猾丫頭的黑魔法，馬上露出了嚴肅的神情。然而，菲力斯接下來的話卻完全出乎他的預料。

「您竟然如此用心地珍藏這些畫作？啊，雖然臣早就知道您十分珍惜阿塔娜西亞公主殿下，但沒想到會到這種程度……」

菲力斯彷彿發現什麼令人動容的東西，眼眶含淚地看向克洛德。見此，克洛德再次不悅地瞪了他一眼。

「這些畫是年幼的公主殿下送給陛下的禮物。」

「也就是說，這些含有特殊魔法的畫確實是那個丫頭畫的……」

「特殊的魔法？啊，仔細一看，上面似乎被施予了保存魔法。雖然是很久以前的畫，但它們沒有絲毫褪色呢。」

聽到這句話，克洛德再次看向眼前的畫。剛才他以是為那個自稱他女兒的丫頭偷偷做了什麼手腳，但再仔細一看，他發現畫中散發出的魔力其實是他自己的。正如菲力斯所說，這些紙頁確實被施予了保存魔法，所以……這些真的只是普通的畫？

「就算是這樣……」

即便如此，他仍覺得這些畫很可疑。

「這些奇形怪狀的圖案又是什麼？那個丫頭送來這種不祥的畫作難道是為了詛咒我？如果我沒有瘋掉的話，怎麼可能把這種東西放在床邊……」

「其實在臣也十分訝異。每次阿塔娜西亞公主殿下送畫作給您，您總是嗤之以鼻，一副不太滿意的樣子，沒想到私底下卻如此珍藏……甚至還為了防止褪色，親自施加了保存魔法……」

聽到菲力斯的回應，克洛德頓時啞口無言，轉過頭驚愕地看著他。

什麼？用心珍藏？不僅如此，他還擔心它們褪色弄髒，親自施加了保存魔法？

「這根本不合理……」

「啊，請放心，陛下。臣絕對不是會到處八卦的人。您將阿塔娜西亞公主殿下的畫作偷偷收藏在床邊的事，臣絕不會說出去的，請您放心。

「哇，看著這些畫，讓臣想起了許多回憶。似乎是從左到右按時間順序排列的，果然是陛下的作風。啊，陛下可能不記得了。如果您不介意，就由臣來一一為您說明。首先，是陛下和殿下一起玩遊戲的歡樂時光，這是殿下五歲時的作品；接著是殿下八歲時畫的圖，是和您一同在天空飛翔的夢；再來是九歲時畫的藏寶庫和陛下的……」

天啊，越聽越覺得恐怖，這實在太不可思議了。一陣頭痛倏然襲來，克洛德忍不住伸手扶住了自己的額頭。他簡直不敢相信、也不願相信菲力斯所說的這些話。如果這是真的，那這段時間以來，肯定是有人附身到他身上了。除非有人冒充他，否則這絕對不可能發生。

極度的震驚之下，克洛德一句話也說不出口。

他一度堅定地認為要不是他瘋了，就是菲力斯徹底瘋了。但隨著越來越多證據的出現，克洛德開始認真覺得發瘋的人應該是自己。

「啊！這麼說來，陛下您要不要看看那幅畫？」

「除了這些，還有別的？」

菲力斯像突然想起了什麼似地對克洛德提議，早已身心俱疲的克洛德卻不耐煩地提高了音量。

「據我所知，還有一幅畫。」

「算了，不必解釋，反正肯定跟這些一樣荒謬。」

「不是的，是宮廷畫師繪製的肖像畫。」

克洛德正打算放下床幔，菲力斯的回答卻讓他的手停了下來。

「肖像？我讓人畫了肖像？」

看來瘋狂的事情還沒有結束。克洛德的眼裡閃著幽冷的光。肖像畫？他竟然讓宮廷畫師幫他畫肖像畫？

「準確來說，是您與公主殿下同框的肖像。」

在克洛德作為皇子的時候，皇宮的藝廊裡從未掛上他的肖像。即便那是皇室家族的特權，他的父親和哥哥也不允許他這麼做。當他坐上王座之後，自然也沒了那樣的興致。

「這是公主殿下的請託。雖然肖像畫還沒完成，但已經有大致的輪廓了。」

他竟然真的讓人畫了肖像畫，甚至還是與那個自稱他女兒的丫頭一起。

「那幅畫在哪裡？」

「您想去看看嗎？」

混亂的情緒自克洛德內心深處湧現，這種情感既像是熔岩般滾燙的憤怒，亦像是霜雪般冷酷的厭惡。想要摧毀一切的衝動引誘著他，在菲力斯的帶領下，克洛德走向肖像畫擺放的房間。

「在這裡。可能還有一點顏料的味道……」

來到房間門口，他沒等菲力斯說完，二話不說便推開門走了進去。房間裡果然充斥著顏料的氣味。不知是不是有人故意把窗簾拉上，昏暗的房間中沒有任何一絲光線。克洛德沒有再次移動腳步，只見他的手輕輕一抬，用魔法將窗簾一把拉開。

唰啦啦——

厚重的窗簾被突然拉開，耀眼的陽光隨之迫不及待地從窗外湧入。

「因為尚未完成，暴露在陽光下會使畫作褪色，所以不能長時間拉開窗簾。」

菲力斯在一旁詳盡地說明肖像畫的保存方式，但克洛德並沒有聽進去。

他身上的時間彷彿停止了。他愣在原地凝視著眼前的畫作。這幅約莫跟他張開的手臂差不多長的畫作，畫中的主角無疑就是他本人。

克洛德看到畫中的他正坐在房間一角的紫色椅子上，而一旁將手放在他肩膀上的人，正是之前在寢室見過的那個女孩。

確實如菲力斯所說，畫作尚未完成，有幾處還沒上色，潦草的邊線也還沒仔細勾勒。但這些其實無關緊要，打從一開始，克洛德的目光始終鎖定在畫中兩人的臉上。

克洛德無法將視線從畫上移開。

「哈。」

過了一會兒，他忍不住輕笑出聲。

到底是怎麼回事？他是沉浸在那個丫頭編造出來的荒謬劇情中了嗎？他緊緊繃著臉，感覺自己正被某種令人難以忍受的情緒包圍。

當看著畫中的人時，某種無法控制的情感逐漸在他心中擴散。

真是荒謬。

什麼家人？什麼父女情深？

荒謬到他甚至無法提起嘴角。如果這一切不過是齣鬧劇，那他顯然被這種低級的詭計和謊言給愚弄了。

但是為什麼？他為什麼會露出那種表情？

為什麼？

為什麼？

到底為什麼？

克洛德這輩子從未露出過那種表情。

畫中的他好像擺脫了籠罩他一生的疼痛和厭倦……那張愚蠢的臉就像完全融化的冰，顯得安逸又自在。

他從未想像過自己會露出那種表情。

究竟是怎麼回事？那個像是戴了面具、毫無防備的可憐傢伙到底是誰？一定是黑魔法，一定是黑魔法造成的。他必須馬上找到那個丫頭，立刻殺了她……

克洛德抬起手，似乎想摧毀那張令他不悅的畫作。

不知為何，他的手只是在空中輕微停頓了一下，又重新放了下來。他一次又一次試圖抬起自己的手，雙手卻像脫離他的掌控似地不聽使喚。

「臣先行告退。」

旁邊的菲力斯看了克洛德一眼，安靜地走到門外，輕輕地將門闔上。

克洛德直視著畫面中的女孩，一股難以理解的困惑自心中油然而生。

為什麼？

為什麼看到那張白皙清秀的臉龐，會讓他的心情如此鬱悶。

——爸爸，我有一個願望。

剎那間，好似有人在他的耳邊輕輕低語。

——可以把這個願望當成我下次的生日禮物提前送給我嗎？您會答應的吧？

——願望？什麼願望？說來聽聽。

——我想要一幅我們的肖像畫。就像畫廊裡的其他皇室成員一樣，我想和爸爸一起畫一張。

劇烈的疼痛倏然擊中他的大腦，克洛德壓抑著呻吟，扶住了自己的額頭。

是啊，何必考慮那麼多呢？只要把礙眼的東西全都毀掉就好。他必須毀掉那幅畫，應該要毀掉的……但他卻莫名其妙地無法動手。

這算什麼？不過就是一幅畫，畫裡的人又算什麼……

「肯定是瘋了。」

克洛德就像受到了極大的刺激，只能愣愣地盯著眼前的畫作。難言的矛盾情緒撕扯著他本就隱隱作痛的大腦，有一瞬間，他彷彿找回了失去的珍寶，下一秒，卻又對這可笑荒誕的念頭嗤之以鼻。

他反覆詢問著自己是不是真的瘋了。

直到落日的餘暉漸漸隱沒，當房間內最後一絲光線被夜晚徹底吞噬，克洛德依舊站在原地，與畫中之人遙遙相望。

❖ ❖ ❖

在那之後，克洛德出現了嚴重的失眠症狀。

每當他結束工作，想要閉眼休息時，都會不由自主地想起那個他不願記起的人。每次從睡夢中醒來，那張泫然欲泣的臉就會在他的腦海中揮之不去，讓他徹夜難眠。

所以，當他在庭院裡看到畫中的女孩時，他便決定立刻殺了她。

其實，在第一次看到她時，他就應該殺掉她的，那才是正確的選擇。不管這個孩子是不是克洛德的女兒，對他來說都已不再重要。他只覺得眼前的人總在夢裡折磨他，每當看到這張熟悉又陌生的臉，他都覺得噁心且煩躁。

儘管克洛德一心一意想殺了那個孩子，他也沒有將之付諸行動。他下意識地避開關於她的一切，但既然這個女孩自己來到了他的面前，他當然不必再忍氣吞聲。如果錯過這次機會，他又必須勞心勞力地再次將她從腦海中驅逐。

「爸爸……」

「爸爸？」

每當聽到女孩的呼喚，他的內心都會感到一陣無法忍受的鬱悶。

「閉嘴。如果妳再這樣叫我，我一定會割掉妳的舌頭。」

但為什麼呢？為什麼他無法殺死眼前的人？

「如此無禮的行為，就算馬上把妳五馬分屍也不為過，但我對妳無恥的舉動稍微有些興趣，所以才特地饒妳一命。」

他真的瘋了吧，現在到底在說什麼？這種狡猾的丫頭就應該馬上除掉，但那張闔的嘴彷彿要違背自己的意志，他竟開口說要饒她一命？那個丫頭現在毫無防備，要奪走她的性命豈不是易如反掌？只需要伸出手，並在指尖施加一點點魔力就能得償所願。

「從現在開始，把這個丫頭幽禁在綠寶石宮。」

只可惜就連如此簡單的事，他也沒能做到。

「如果想留下這條小命，就老老實實待在妳的宮殿裡。」

「要是敢再出現在我面前，到時候我一定會殺了妳。」

克洛德冷漠地看了那張驚懼交加的蒼白臉蛋一眼，隨後便轉身離開。

但當他經過女孩身邊，原本堅定的表情卻開始扭曲，彷彿被人狠狠地揍了一拳。這突如其來的情緒簡直讓他難以理解，這種窒息般的痛苦，就好像有人狠狠掐住了他的脖子一樣。

匡啷！

一進到房間，克洛德立刻用力地往牆上揮了一拳。只是比起手臂上的傷口，心中的痛苦更令他難以承受。

從那天晚上，克洛德陷入了無止境的噩夢。

「希望陛下能夠愛這個孩子。」

如果這不是噩夢，那還能是什麼？

那個他努力封存於記憶深處的人出現在夢裡，不停在他耳邊低語。

「如同您愛著我那般，在我離開之後，請您將這個孩子擁入懷中，好好地珍惜她、疼愛她。」

聽到夢中那個熟悉的聲音，克洛德不由得失聲大笑。

別開玩笑了。那是誰的孩子？他可不記得自己有女兒。

不過是個已死之人，這一切還有什麼用？就算他曾經苦苦哀求，那個女人還是拋下他獨自死去，現在又怎麼敢出現在他的夢裡哀求他？

對了，菲力斯說過，那個名叫阿塔娜西亞的丫頭是黛安娜和他的女兒。而此時此刻夢境中的種種，不過是她死前留下的痕跡，如詛咒般的夢魘。

然而，更令他無法接受的，是她竟敢要他忘記曾經深愛的人，去疼愛那個取代她活下來的ㄚ頭。

這種事情怎麼可能發生？

克洛德想殘忍地拒絕面前的女子。

——我不可能會疼愛那個孩子。

——以前不會，往後也絕對不會發生那種事。如果妳那麼擔心她，那就變成亡靈回來吧。

但他又擔心她會因為他冷酷的話而受傷，露出悲傷的表情。即便她丟下他一個人死去，他也不忍心看見她的眼淚。

他只不過是……

只見黛安娜朝他微微一笑，似乎看穿了他心意。無數的話語卡在克洛德喉中，讓他的呼吸不自覺地帶上一絲哽咽。在見到黛安娜本就朦朧的身影逐漸模糊之時，那些憤恨和糾結似乎都不再重要。

克洛德無法自拔地伸出手，希望抓住自己日思夜想卻再也無法觸及的身影。

「不要走。」

他焦急的聲音聽起來完全不像平時的他，而這樣的自己正是他討厭她的原因。他不想陷入這種毫無意義的感情遊戲，在無法控制的感情中掙扎，逐漸變得渺小無力，甚至不得不苦苦哀求。

但黛安娜終究消失在他的視線中，只留下他手中無盡的思念。

「剛剛是……？」

克洛德醒來之後，什麼都不記得了。他忘記了夢中的所有事。

他感覺夢中存在著極為重要的事物，但腦中卻是一片空白，只有空蕩蕩的心裡異常沉重，以至於一時間他竟有種窒息般的錯覺。

從那之後，克洛德一直被劇烈的頭痛所擾。

這段期間，他瘋狂沉浸在工作之中，即使在生日宴會開始之前，他也堅持在書房工作到最後一刻。他不想再夢到那些讓他痛苦的夢，所以乾脆不踏進寢室。

但這無疑讓克洛德每天都因睡眠不足而飽受折磨。

雖然菲力斯常常勸他去散步或呼吸新鮮空氣，但自從在上次在花園遇見那個假裝是他女兒的孩子之後，他再也沒有離開石榴宮。長此以往，克洛德變得越來越易怒。因此在生日宴會開始沒多久，他就扶著隱隱作痛的額頭，只想知道這場無聊的宴會究竟何時才會結束。

「話說，阿塔娜西亞公主殿下今日不會出席宴會嗎？臣以為還能像上次的成年舞會那樣，看見陛下與殿下和樂融融的模樣，呵呵。」

彷彿心中的某條弦被倏然斬斷，這句隨口吐出的疑惑讓克洛德本就緊繃的心緒反應得更加劇烈。即便如此，他仍然無法殺掉再次出現在眼前的女孩，眼下的場面可笑至極，他卻笑不出來。

不，想殺死她的那些話都不是出於真心。每當克洛德對著眼前的女孩說出殘忍的話語，他都像中了什麼毒藥一樣，莫名地感到不適。看著跪在紅色地毯上的女孩，他不僅不覺得高興，甚至有種說不上來的緊張和不安，就好像他正犯了一個非常嚴重的錯誤。

這種捉摸不定的心情讓他忍不住故意對眼前的人更加狠心。

「立刻把那丫頭從我眼前拖走。」

話音剛落，克洛德突然意識到自己根本沒有決心殺死眼前的女孩。

「不必碰我，我會自己離開。」

不對，與他的決心無關，他根本沒有勇氣親手殺死她。

「向歐貝利亞的太陽獻上祝福與榮耀。衷心地祝賀您的誕辰，陛下。」

女孩沒有忘記他上次說的話，她沒有再對他喊出「爸爸」這個無禮的詞彙。在意識到這一點的瞬間，克洛德的胸口彷彿被一塊沉重的石頭壓住。他無法說出任何話，只能屏住呼吸，看著她的背影漸行漸遠。

匡啷！嘩啦啦！

宴會結束後，克洛德回到書房，粗魯地把桌上的物品掃向地面。

日益加重的頭痛讓他每天都痛苦不堪。日復一日，他覺得自己快要瘋了。但不管他怎麼努力回想，也記不起任何事。

如今，克洛德已然沒有任何時刻能夠安然入眠。

啾啾。

窗外傳來清脆的鳥鳴。克洛德不經意地抬起頭，發現太陽已高懸於頂，灑進房間的陽光照亮了他隱藏在陰影下的眼睛。

前幾天一直在門外吵鬧的菲力斯似乎已經放棄了，從昨天開始就變得十分安靜。奇怪的是，克洛德覺得自己今天的精神非常清醒。原本從四面八方壓迫他的頭痛此刻似乎也完全消失。可惜克洛德並沒有察覺到，他的臉在陽光照射之下顯得異常憔悴。

好，是時候好好解決造成頭痛的源頭，這樣一來就能徹底結束這場煩人的鬧劇。

他帶著這種想法，朝著綠寶石宮邁開腳步。

即使沒有特地尋找，他也知道那個名叫阿塔娜西亞的女孩此時身在何處。

當他終於在潔白的玫瑰花園裡遇到那個金髮飄揚的女孩時，一股莫名的思念瞬間擊中克洛德的心臟。但他不想被這種感覺影響，果斷地出手攻擊了眼前的人。

啪嘰嘰！鏘鏘鏘！

魔力與魔力互相碰撞形成的波動將兩人包圍，如玻璃碎裂般的尖銳聲響和挾裹著白色花瓣的風暴不斷在周圍翻騰。

啪嘰！鏘鏘！

即使已經察覺到克洛德想殺了自己，她還是寸步不移。

是被嚇到了嗎？還是她堅信自己不會被殺死呢？

不管是哪種原因，都十分愚蠢。與其這樣，她還不如馬上轉身逃跑。

克洛德下意識地希望她轉身逃跑，但他卻狼狽地逃避了這個事實。

啪嘰嘰！啪沙！鏘鏘鏘！

克洛德無情地擊破自己設下的保護魔法。看著那緊密堆疊的層層保護，克洛德忍不住失聲大笑。施加這個魔法的人有強迫症吧？這些密密麻麻的保護魔法竟是如此堅固，彷彿不容許這個女孩受到任何一丁點傷害。

最好笑的是，破壞它的正是克洛德自己。

啪嘰嘰！鏘鏘鏘！

在這場對峙中，他心中突然多了一個無法理解的疑問。

看著眼前被擊碎的魔力碎片，克洛德不得不咬緊牙關以確保自己不會停手。不過那個令人困惑的疑問仍然在魔力漩渦中不斷干擾著他。

這真的是他所期望的嗎？

當他完成這一切，他真的不會後悔嗎？

克洛德強迫自己給出肯定的答案。

從一開始，他就是帶著這樣的決心走進花園。但如果一切都如他所願……為什麼他的胸口會如此疼痛？彷彿眼前的人如果死去，他也會承受不住而跟著崩潰。一想到要傷害眼前的女孩，他就覺得既荒誕又恐怖。

鏘鏘鏘！

只剩最後一層保護魔法了。

他的手終於觸碰到女孩白皙的脖頸。在女孩跳動的脈搏傳遞到克洛德的指尖時，他感覺自己快瘋了，幾乎是下意識地放開了掐住女孩的手。

嘩啦啦！

變故就在那一刻發生。

眼前驟然湧現的白光將一切瞬間籠罩。難以名狀的白色物質混雜著玫瑰花瓣開始席捲四周。

起初，克洛德以為那只是保護魔法殘留的魔力，但事實並非如此。

咕嚕咕嚕。

彷彿失明一般，他的視線內盡是雪白的泡沫。克洛德發現眼前的人正被那片光芒一點點吞噬。他看著女孩逐漸模糊的身影，不禁瞪大了眼睛。

嘩啦啦。

舉目所及皆是刺眼的白光，讓他幾乎分不清這究竟是現實還是夢境。在他愣住的同時，眼前的少女逐漸化為泡沫，消失再空氣中。

剎那間，他再次朝她伸出手，但這次並不是為了傷害她。

「不行，不要走！」

就像在夢中那樣，克洛德順應著內心深處的懇切開口呼喊。但他的手裡除了刺眼的白色泡沫，再無其他……

「再見了，爸爸。」

在光芒刺進克洛德雙眼的瞬間，早已淚流滿面的女孩哀傷地對他低聲耳語，就像在進行最後的告別。

隨後，白光逐漸消散。

啊，那種恐懼……是他一生中從未體會過的。

克洛德獨自站在恢復平靜的玫瑰花園中，陷入了深深的迷惘。讓他心煩意亂的根源已經徹底消失……他卻感受到了比先前數十倍、數百倍的痛苦。一種彷彿失去了一切的強烈失落感緊緊掐住克洛德的脖子，他卻不知道自己到底失去了什麼。

這種感受令他呼吸困難，彷彿立刻就要窒息。

「陛下！」

當菲力斯和其他宮人趕來時，克洛德依舊站在原地，一動也不動。

「陛下，發生什麼事了？」

「阿塔娜西亞公主殿下呢？公主殿下去哪裡了……」

他們因魔力波動而無法接近花園，直到魔力消退，他們才急急忙忙跑了過來。菲力斯和幾個看起來像是綠寶石宮侍女的人滿臉緊張地詢問克洛德。

「從我眼前……」

低沉的嗓音再次響起。

「消失了。」

其他人似乎因為克洛德沒有殺死阿塔娜西亞公主暫時鬆了口氣，但克洛德卻無法接受那個女孩在他眼前消失的事實。

她竟然從他手中逃脫了？還留下了那種告別般的呢喃……

克洛德忍不住咬緊牙關。

他絕不會、絕對不會接受那個事實！

少女消失的地方只留下一朵孤零零的白玫瑰和灑落一地的鮮紅血滴，這畫面，瞬間刺痛了克洛德的雙眼。

Chapter XII 我好像遇到小說裡的男配角了

今天外頭格外熱鬧。我一邊把培根三明治塞進嘴裡，一邊朝窗外觀望。只見一群人正聚集在告示欄前，嘰嘰喳喳地互相交談。究竟發生了什麼事呢？我在心中默默提問。在吃掉手中最後一口三明治後，我從座位上站了起來。

「發生什麼事了？」

我擠進人群想看看告示欄上的內容，卻被前面的人擋住了視線。我在人群後面探頭探腦了好一會兒，很快便放棄親自確認，轉而偷偷詢問旁邊的人。這時，比我早一步到場的旅館老闆娘回答了我的疑問。

「哎呀，公主殿下前幾天不是失蹤了嗎？到處都貼著尋人啟事呢。但只用畫像很難辨識她的長相，所以今天會在廣場上播放存有公主殿下樣貌的影像石。」

聽到這段話，我一時之間愣住了。幸好周圍的人沒有察覺我的異常，只聽他們紛紛附和道。

「我有個親戚在管理局工作，聽說他們打算在每個地區都播放影像石耶。」

「那個應該超貴吧？」

「陛下那麼寶貝的公主殿下失蹤了，難道還會在乎那點錢？」

「聽說前陣子連續抓了很多長得像公主殿下的女孩，結果都不是。」

「小姐妳也小心一點，聽說最近只要是金髮的女孩都會被帶走。」

「嗯，我會小心的。」

我默默笑著離開現場，直奔房間開始收拾行李。

什麼？影像石？什麼時候有這種東西了？前幾天知道他們在這種鄉下地方也張貼了我的畫像，就已經足夠讓我震驚了，這次竟然從2D升級成3D?!克洛德，算你狠！你就那麼想置我於死地嗎？

我一邊收拾行李一邊在心裡抱怨，並在聽見門外的交談聲時，迅速把耳朵貼在門上。

「聽說最近很詭異，各地都發生了大規模自然災害。」

「據說西南部還接連發生好幾次山崩，連那位伯爵夫人都遇難了……」

「我還聽說科隆下雪了呢。」

「科隆不是沙漠嗎？」

「對啊，真奇怪。不久前薩伊坎西亞神聖帝國也……」

大家幾乎一窩蜂跑去廣場，門外比剛才安靜了不少。這個小鎮的人對皇室的事不是特別上心，我過得十分自在，要離開還有點捨不得。

我把放在桌上的果汁喝完，拿起床上的行李。果然，果汁含量百分之百的蘋果汁才是最好喝的！儘管我的行李只有幾件新買的衣服和一點盤纏，但對於現在的我來說已經足夠了。

啪！

我隨意披上一件掛在衣架的披風，彈了一下手指。

咻嗚！

片刻後，我站在了微風吹拂的某片田野上。

「又回到這裡了。」

我四處張望片刻，今天附近沒有任何人。我隨意地看了眼輕輕搖曳的蘆葦，隨手扔下我的行李，疲憊地癱坐在地上。這是上次我和路卡斯偷偷外出時來過的地方。那次在鳥園偶遇伊傑契爾，為了避開他，我們空中漫步降落在這片蘆葦上。嘖，其實我也不確定這到底是蘆葦還是芒草，總之，為了方便，我決定稱它為蘆葦。

這裡也是我從克洛德面前逃離之後，第一個抵達的地方。

當我終於從炫目的白光中睜開眼睛，我已然站在了這片搖曳的蘆葦中央。眼前不再飄散著玫瑰花瓣，只有被風拂彎的搖曳蘆葦窸窸窣窣地靠在一起。

在那攸關生死的時刻，我不自覺地使用了瞬間移動。向來不受控制的魔力為了保護我，在關鍵時刻終於起了作用。由此可見我的求生欲望真的很強呢。呵呵，人類的生命力果然堅強。

從那之後，我沒有返回皇宮，而是展開了逃亡生涯。當然，這種情況是我之前沒有預想到的，所以我身上身無分文，不過這不代表我必須過上流浪乞討的生活。因為我是本世紀著名的偽鈔大師！哈哈……不是啦。呃嗯，其實我真的很不想這麼做，但我實在想不到其他辦法。

由於事發突然，導致我來不及把藏在綠寶石宮的寶石帶走。哎呀，我的寶貝們！為了收集你們我可是費盡千辛萬苦呢！我當初會準備這些逃跑經費，就是為了應對這種情況！

但我也不能回到皇宮。其實如果擔心被克洛德發現，我只要偷偷潛入帶走其中一座金庫或藏寶庫就可以了，但由於瞬間移動無法完全按照我的意志來操作，所以我早早就放棄這個念頭。

在綠寶石宮時，我曾經從某本魔法書上看到過，瞬間移動需要先進行坐標計算，然後在心中想像要前往的地方，但那個破坐標計算太複雜了……如果我貿然嘗試，卻沒有移動到藏寶庫而是突然出現在克洛德面前，那我該怎麼辦呢？於是我只能含淚成為偽造貨幣大師了。

自從離開皇宮後，我似乎又可以使用魔法了，製造錢幣對我來說並不困難。當然，每次使用偽鈔時，我都有種良心不安的感覺……因為我不像路卡斯那麼厚臉皮！嗚嗚，法官先生！這些錢不是我變出來的，是我家的貓做的！所以請放過我！雖然我並沒有養貓，嘿嘿。

到目前為止，我用魔力製造的錢幣都還沒有被抓包過，這究竟該說是幸運還是不幸呢？只是不知道魔力什麼時候又會不受控制，我通常會事先準備好一些錢幣和輕便的衣物隨身攜帶。唉，如果可以像路卡斯那樣隨時隨地使用魔法，我就不必這麼辛苦了。不過考慮到我兩手空空從皇宮逃了出來，現在的生活已經算是非常舒適了，根本不能算是受苦。

但如果被抓到，我真的會沒命吧。不僅會因偽造貨幣被皇帝處以重刑，甚至還有可能被五馬分屍，畢竟他早已對我虎視眈眈。

想起剛才在旅館裡聽到的、關於影像石的消息，我不禁打了個寒顫。克洛德在我離開後立刻發布了尋人啟事，為了不被發現，我基本上不會在同一個地方停留太久。

坦白說，瞬間移動這個高級魔法我還不能隨心所欲地控制，傳送地點幾乎可以說是隨機選擇。雖然一開始真的讓我很頭痛，但隨著越來越熟練，最近我已經可以很好地控制了。

大家都認為深愛女兒的皇帝正因公主失蹤而憂心忡忡，但他根本就是在發布通緝令啊！他找到我是為了殺掉我吧！

「我不能待在歐貝利亞了嗎？」

目前為止我都是在國內四處流浪，但看到克洛德甚至連如此偏遠的地區都不放過，我感覺留在歐貝利亞不是個明智的選擇。

那我該去哪裡呢？

我仰頭看著碧藍的天空，陷入沉思。

在這種情況下，我依舊什麼想法都沒有。即使知道克洛德正在四處尋找我的蹤跡，讓我只能一次又一次地逃亡流浪……奇怪的是，我卻沒有太多的擔憂和恐懼。

坦白說，我不知道這種生活還能持續多久，但只要低調行事，應該還是能夠活下來的。畢竟我可以使用瞬間移動，而且之前練習的幾個困難魔法也基本都能成功。

我果然在魔法方面有驚人的天賦啊。咳，這絕對不是自我感覺良好，如果有人能像我這樣自學還達到這種程度，就叫他出來給我看看吧！

總之，即使知道克洛德是為了殺掉我才發布尋人啟事，我也不像之前那樣害怕了。

況且就算真的被克洛德抓住，我也可以像上次一樣從他面前逃跑。反正我是不會就這樣死在他手上。

我絕對不能死在克洛德手中——當時，我也是抱持著這個想法逃離了皇宮。

一陣微風輕輕撫過我的髮絲，周圍的白色蘆葦叢也隨之搖曳擺動。

我不禁回想起在玫瑰花園發生的那些事。

這麼說來，離那天已經過去很久了。每當我閒閒沒事看著天空發呆時，偶爾會想起在石榴宮後院和克洛德生日宴會上發生的種種。驀然間，伊傑契爾溫柔的眼神和默默陪伴著我的身影倏然從腦海閃過。

就這樣，我衝動地決定了下一個目的地。

「就去亞勒蘭大吧。」

❖ ❖ ❖

「我想住一晚。」

「好的。住宿費用因房型而異，目前剩下的房型是……」

我驚訝地聽著櫃檯男子的說明。哇，是外語！看來這裡真的是亞勒蘭大！我剛才說的話應該沒有很奇怪吧？為了以防萬一，還是少說話為妙。

此刻我正在附近最大的一間旅館裡。雖然稱它為旅館，但這棟建築有好幾層，一樓的大廳也十分寬敞，簡直像一家大型飯店。果然，大城市和鄉村的旅館完全不是同一個等級啊！

「三餐不包含在住宿費用內，您需要在餐廳額外支付。如果提前告訴我們，也可以在房間內用餐。這是房間鑰匙，從這裡往左邊走就是樓梯。祝您度過愉快舒適的時光。」

不管怎麼說，使用假錢住最好的房間讓我的良心有點過意不去，所以我選擇了一間中等的房型，離開了櫃檯。唉，當然了，用假錢來住這麼高級的旅館本身就很不道德，但我也想體驗一下嘛……真的非常抱歉！我以後一定會用真錢償還的！

經過一樓的咖啡廳，我看到一些優雅的紳士和淑女正在享用下午茶。走上樓梯進入房間後，我迅速彈了一下手指，解除一直維持的偽裝魔法。我看看喔，眼睛和頭髮都恢復原貌了嗎？

我仔細觀察鏡中的自己。很好，魔法應該完全解除了。

方才，我用魔法改變了頭髮和眼睛的顏色。其實一開始我並不確定能否成功，但當我離開皇宮，站在人聲鼎沸的街道上時，我立刻意識到自己不能用這副外表明目張膽地示人。於是我嘗試了一下偽裝魔法，且幸運地成功了。這裡雖然不是歐貝利亞，一切還是小心為妙，對吧？

換個角度想，正因為在外國，我反而要更加謹慎小心。嚴格來說，我現在不就是非法入境者嗎？而且還是從歐貝利亞逃出來的通緝犯！

這份擔憂只是短暫地浮現，很快我就不再緊張了。現在的我何必考慮外交之類的問題呢。呃啊，為什麼我的身分突然變成通緝犯了啦？這簡直太荒謬了。

現在想想，我能使用魔法真是萬幸。要不是有魔法，我早就被克洛德抓回皇宮裡了。喔，不對，沒有魔法的話，我根本不可能離開皇宮。我會像小說中的阿塔娜西亞一樣，死在克洛德手中嗎？完全無法反抗，空虛地結束自己的一生？這樣一想，我的心情突然變得很複雜，伸手摸了摸刺痛的眉心。

「**哈哈哈哈！來抓我啊！**」

「**啊，真是的！卡貝爾哥哥，給我站住！**」

這時，一聲「來抓我啊」自不遠處傳來，我向窗外望去，發現整條街道都開滿了類似櫻花的粉紅色花朵。哇，亞勒蘭大的春天真是壯觀。不同於歐貝利亞，亞勒蘭大是一個四季分明的國家，如果季節剛好的話，說不定還有機會看到雪呢。

啪。

我又看了看窗外，再次用魔法改變頭髮和眼睛的顏色。彈指這個動作是為了控制魔力，類似一種開關，不知道是不是心理作用，總覺得這樣做可以節約魔力。嗯，該說這是一種私人的小動作，還是向魔力發出的信號呢？簡單來說，就像在跟魔力說「當我想使用魔法時，會像這樣彈指，在那之前，不能隨隨便便展現出來喔」。咳、咳咳，這樣聽起來好像有點奇怪呢。

總之，魔法源自於願望或想像，即使我不想使用魔法，有時空中還是會突然掉下金幣或莫名其妙地瞬間移動，真的很尷尬。不，與其說尷尬，不如說是非常危險。上次我夢見自己為了躲避克洛德的追趕而逃進山林，醒來時便發現自己不在旅館內，而是在不知名的山腳下，簡直把我嚇壞了。唉，如果我毫無預警瞬間移動到懸崖或海邊，那該怎麼辦啊？

直到我想起魔法書上的記載——為了更好地控制魔力，初學者最好在使用魔法時設定一個信號。

於是我開始模仿起路卡斯的動作。神奇的是，從那之後，我的魔法真的不再像以前那樣隨便發動，讓我感覺輕鬆許多。嗯，路卡斯彈指是否也是為了控制魔力呢？當然，路卡斯不是什麼魔法初學者，但他過去幾年一直在抱怨魔力不足，很不方便。

「啊，像下雪一樣。」

我一邊想東想西一邊走出旅館，獨自漫步在鋪滿花瓣的街道上。自頭頂飄落的花瓣就像雪花一樣，隨著我的腳步在路面上鋪開。

我似乎好久沒有享受這樣的生活了。當然，皇宮的生活也不差，但除了偷偷和路卡斯跑出去玩那次，我從未在外面度過如此悠閒的時光。就在昨天，我還擔心會不會有人從畫像和影像石中認出我的臉，不敢自由地在外面走動。

但在亞勒蘭大，街上的人都不會用異樣的眼光看我。天啊，大家對我漠不關心，我竟不合時宜地覺得有點感動。說的也是，這裡不是我曾經居住的皇宮，更不是歐貝利亞，人們為什麼會對我感興趣呢？我真是太自戀了。

我把之前的緊張拋在腦後，輕鬆自在地在街上閒晃。雖然十幾年的皇宮生活讓我對外界感到有些陌生，但我很快就適應了。也許是久違地感受到了許久不曾體會的感覺，我的心情十分愉悅。這也是理所當然的吧，畢竟我本來就是一個普通的市民啊。

天氣很暖和，景色也很優美，我混在人群中享受了一段閒暇時光，才又回到了旅館的房間。

❖
❖
❖

嗯，門果然打不開呢。

抬頭看著眼前牢固的鐵門，我尷尬地皺了皺眉。我現在所在的地方是一棟距離旅館不遠處的巨大建築。這裡正是伊傑契爾在亞勒蘭大就讀多年的學校！登愣！看著高聳的鐵欄杆和堅固的圍牆，我覺得潛入這裡可能有些困難。等等，學校的正門不應該是可以攀爬的高度嗎？嗚嗚，這所學校的學生如果遲到的話，完全沒辦法翻牆欸。

「哼嗯……」

門口沒有守衛，看來平日應該不接待外來訪客。當然，我只要使用瞬間移動就能輕鬆進到學校，但進去之後，又該如何偷偷地在校內閒逛呢？

我站在門口沉思片刻，決定嘗試一下最近終於成功施展的魔法。

「**啊，好不想上課。我昨晚熬夜才好不容易趕完作業。**」

「**眞希望教授今天上課不要問問題，那麼難的問題就只有少數人才能答對吧？**」

不久之後，我成功地瞞著其他人在學校裡繞了一圈。

哇哈哈！你知道這是什麼魔法嗎？就是鼎鼎大名的隱身魔法！

我在身上覆蓋了一層薄薄的魔法屏障，把自己變成像透明人一樣。我居然成功施展了這麼高級的魔法！看來我的大魔法師神話現在才剛要開始。

「**啊！要遲到了！快走吧！**」

這裡是亞勒蘭大規模最大的學校，其內部環境十分壯觀。中庭矗立著一座美麗的花園和噴泉，還有一大片供體育活動使用的空地。而且光是四層樓以上的建築就有五、六棟。

啊，那邊是不是圖書館？我等下要去看看。另一邊的建築看起來像宿舍。嗯，對於在皇宮生活過的我而言，這種景象早就習以為常，但這裡畢竟是亞勒蘭大最大、最著名的學校，還是值得好好探索和欣賞的。

我一邊小心翼翼地避開學生，一邊悠閒地參觀學校。這時，路過的女學生們的談話突然勾起了我的興趣，於是我決定跟隨著她們的腳步。

總覺得一路上都沒什麼學生，是因為快要上課了嗎？

女學生們走過通往花園的小路，很快來到了第二棟建築的入口。我小心地緊跟其後，觀察起那棟看起來像是附屬建築的內部，並悄悄靠近女學生們剛剛經過的大門邊。幸好，門是開著的。在門關上之前，我迅速地偷溜了進去。

「**你做完作業了嗎？**」

「**當然啊。**」

「**哇，借我看一下！**」

哎呀，有學生突然從座位上站起身，差點撞到我。

我迅速避開那些吵鬧的學生，緊貼著牆壁快步走向教室後方。

「啊！教授來了！」

聽到這句話，所有學生立刻回到自己的座位坐下，並打開了桌上的書本。教室一瞬間變得安靜無比。哇，這氣氛轉變也太突然了吧？教授的威力這麼大嗎？

緊接著，一陣腳步聲自教室外傳來。不久後，一位氣度不凡的中年男性打開門走了進來。他應該就是學生們口中的教授。

「看來大家都到齊了，那我們就開始今天的課程吧。」

他習慣性地摸了摸自己的鬍鬚，沒有點名就直接開始上課。

我也像學生一樣，移動到教室後方的空位坐下。哇，這裡的學習氛圍真的很棒，看來大家都是模範生啊。難道這就是名門院校的不同之處嗎？

「那麼，反駁時空重力理論的喬治．麥恩提出了哪些論點呢？勒米耶．尚達爾克同學。」

「報告教授，喬治．麥恩針對威廉．諾曼蒂的時空重力理論，以質量和加速運動為例……」

這堂課相當有趣。而我之所以能夠這麼順利地理解亞勒蘭大學校的課程內容，完全多虧了之前在皇宮的認真學習。唉，我就是為了今天才那麼努力的，真的很有成就感呢。

「今天的課就上到這裡。」

哎呀，這麼快就下課了嗎？雖然是兩小時的課程，但時間也過得太快了吧。這間教室接下來還有其他課程嗎？我想再多待一會兒。

教授離開教室後，學生們紛紛跟了出去。我坐在最後一排，撐著頭看著他們的背影。接下來，又有學生們再次進入教室，從最前方開始依次坐下，看來下一堂也有課呢。因為他們都是對學習充滿熱情的學生，基本不會來跟我搶最後一排的位置。

「**啊，好睏。**」

啊，有一個特例！

一個棕色頭髮的男生打著哈欠走進教室。他大步走向後方，一屁股坐到我的旁邊！我被嚇了一跳，緊張得大氣都不敢喘一下。但他只是又打了一個大哈欠，隨後就趴在桌子上。

這、這是怎樣？他與我在這所學校看到的其他學生完全不同，讓我有點意外。不過，想起前世的記憶，我其實更熟悉這種學生的模樣。話說回來，我還能繼續坐在這裡嗎？明明最後一排還有其他空位，為什麼偏偏坐在我旁邊呢？嗯，是因為靠窗嗎？

這時，另一名教授走進教室，我便把視線從旁邊的男生身上移開，看向前方。

「**好，接下來我們將繼續討論蓋伊・雪勒的謬誤論證。**」

咦？蓋伊・雪勒？

我坐在教室最後一排，稍微走神了一下，隨即又將視線移向前方。接著，自豪地摸著鬍鬚的老教授進入了我的視線。嗯，亞勒蘭大的人都喜歡留鬍子嗎？特別是這位教授，他到底是如何保養的啊？竟然可以讓每一根毛髮都散發出光澤。他看起來真的很像那款圓圓扁扁的洋芋片包裝上的鬍子大叔。

「來，請大家打開教材的第一百七十三頁。」

我好奇地偷偷瞄了一眼前方學生的課本。

書的標題是《根據偏微分方程式所做的時空曲率研究與以特殊相對性理論為基礎的蓋伊．雪勒論述之謬誤與批判》。看到這冗長的書名，我忍不住淺淺地驚呼一聲。

呃啊，我看過這本書！這不就是伊傑契爾十歲時讀的書嗎！在亞勒腓公爵家那次，伊傑契爾說他正在讀這本書，我當時還嚇了一跳。

那時的伊傑契爾已經能說一口流利的亞勒蘭大語了，甚至將薩伊坎西亞聖書的內容背得滾瓜爛熟，給了我很大的震撼。真是太不公平了，為什麼男主角都自帶光環啊？

「如上所述，以特殊相對性理論為基礎的時空研究也可以應用於魔法中……」

等一下……這是哪個年級的課程啊？

我疑惑地四處張望，接著瞥見了一旁昏昏欲睡的男生的書籍封面。

卡貝爾．恩斯特

高中部 2-B

原來是高中二年級的課程。所以這群學生大約十七、十八歲嗎？啊，所以伊傑契爾十歲就已經在學習十七歲的知識了嗎？真的嗎？我再次領悟到世界的不公。真是太過分了，就算是主角，集所有能力於一身也太過分了吧……

「**牛排……嗯。**」

對，集所有牛排……嗯？什麼？牛排？

一陣嘟囔突然從旁邊傳來，我忍不住將頭轉了過去。聽到聲音的不只有我，周圍的學生們也紛紛轉頭尋找聲音的來源，並投來疑惑的目光。

「**不是歐姆蛋包飯……是牛排……嗯，嗯嗚……**」

這不明所以的聲音正是來自我旁邊趴著的棕髮男生。

也對，現在剛過午休時間，還是溫暖的春天，如果是這麼無聊的課程，聽到昏昏欲睡也很正常。我在綠寶石宮學習這部分的時候也曾因無聊而打瞌睡。

我默默對著教室裡的同學們投以同情的眼神。

噠噠噠！匡！

啊，嚇我一跳！

就在這時，我旁邊的男生突然大聲地從座位上跳了起來。

「肉……！我說了不要歐姆蛋，我要牛排啦！」

……我要牛排啦！

……要牛排啦！

……牛排啦！

他宏亮的叫喊聲在寧靜的教室中不斷迴盪，學生們紛紛露出驚訝或無言的表情，其中有些人猶豫地看向教室前方的教授。

「嘶……嗯？」

喊出夢話的男生睡眼惺忪地皺了皺眉，抬手抹了抹嘴角。

他、他難道是在擦口水嗎？

「卡貝爾．恩斯特同學……」

這時，一道冷峻的聲音傳進眾人耳中。天啊，鬍子教授好像生氣了。

「啊？教授，您有看到我的牛排嗎？」

只有我旁邊那個名為卡貝爾．恩斯特的男學生沒有搞清楚狀況。他困惑地環顧四周，開口詢問教授牛排在哪裡。只見鬍子教授動了動嘴角，抬手指向門口。

「出去。」

「啊，原來在外面啊！謝謝您，教授！」

噗！我差點沒忍住笑聲。但不只是我，教室裡的學生們也都偷偷地笑了起來。畢竟生氣的鬍子教授是想表達「你沒有資格上我的課，馬上滾出去」，但那個男生卻以為那是指牛排所在的方向，然後糊里糊塗地回答「謝謝您告訴我」，這實在太好笑了。

只見那個男生飛也似地跑出教室，讓鬍子教授氣得直發抖，臉紅得像熟透的蘋果。而學生們也都憋著笑，露出了奇怪的表情。

我也努力讓自己不笑出聲。

喀噠。

所有學生都離開教室之後，我從椅子上站起身準備離開。我才剛邁出腳步，便感覺自己踩到了某樣東西。

咦，這是什麼？

我好奇地低頭一看，彎腰撿起那個閃亮的物品。

那是一個掛有金色繩子的小巧圓形金屬工藝品，背面還浮雕著擁有者的姓名。

卡貝爾．恩斯特

這麼一想，教授剛才在課堂上好像喊了卡貝爾．恩斯特的名字。

等一下，恩斯特家族不就是世世代代都是亞勒蘭大皇室盟友的公爵世家嗎？

咦？不知道是不是我的錯覺，總覺得這個名字好耳熟啊。我歪著頭，看了看手裡的物品。這個該怎麼辦？如果放在這裡，他會回來找嗎？

我站在被夕陽染紅的教室，拿著做工精緻的工藝品思考了好一會兒，最終決定將它放在桌上，然後悄悄離開。

❖
❖
❖

那天晚上，我感受著風吹拂過髮梢，深深地吸了口氣。

我用隱身魔法爬到建築物頂端，欣賞周圍的景色。在這樣寧靜無人的夜晚，我不由自主地想起了克洛德。

轉過頭，只見一片片花瓣像雪花般從夜空中飄落。看著眼前星星點點散落的花瓣，一個唐突的想法倏然自腦中浮現——要不要偷偷去看他一眼再回來呢？

雖然他是個不分晝夜沉迷於工作的人，但現應該在正在睡覺……吧？

他曾經試圖殺了我，而我也一直躲著他，但我就是很想知道克洛德近來過得如何。反正如果情況不對，我再逃跑也不遲，所以就去看一眼吧。

即使沒有萬全的對策，我最終還是被思念驅使，衝動地作出決定。

啪！

我毫不猶豫地使用魔法，將自己投入了魔力的波濤中。

一轉眼，我便抵達了一間昏暗的房間。

在反應過來的瞬間，我馬上屏住呼吸，一動也不敢動。

不對啊，我設定的目的地明明是皇宮的屋頂，為什麼我會出現在這個奇怪的房間？魔力，你到底在做什麼啊？前一段時間都很正常，為什麼又突然對我使壞了呢？我本來是想先爬到皇宮的屋頂探查一下，然後再偷偷從窗戶觀察克洛德，結果怎麼突然出現在這個房間裡了！而且我對這裡十分熟悉，此地正是克洛德的寢室！

登登！我整個人僵在房間中央。雖說如果被克洛德抓到，我也可以像上次在玫瑰花園那樣再次逃脫……但、但這並不意味著我想直接探頭進入猛獸的口中啊！我又不是來送死的！呃啊啊，我應該再次使用瞬間移動嗎？

我瞥了一眼四周的情況。

幸運的是，房間非常安靜，看來克洛德應該待在書房。

只是當我再次轉過頭，一抹幽微的光亮倏然自眼前閃過。定睛一看，只見沙發邊隱隱露出一撮金髮，在月光下閃爍著微光。

我忍不住屏住呼吸站在原地，過了好一陣子才開始慢慢移動腳步。

沙沙沙。

鞋底踩踏到東西發出的微小聲音如雷般在我耳邊炸響，讓我不由自主地停在原地。

我偷偷瞄了一眼沙發，沒有感覺到任何動靜。

我到底踩到什麼了？應該是文件之類的東西吧。可能是克洛德在臥室裡看文件時，把文件弄掉在地上了。

我忽略地上的紙頁，再次移動腳步。

沙沙。

移動幾步之後，我又踩到了另一張紙。啊，這到底是什麼？究竟還有多少東西散落在地上？由於不斷發出聲響，我擔心沙發上的克洛德會醒過來，只好彎下腰以免被他看到。

在月光的照映下，我發現散落的紙頁似乎不太尋常。

嗯？這不像文件，更像是圖畫？到底是什麼呢？我不假思索地伸手撿起，皺起眉頭仔細端詳。

天啊！這不是我小時候畫的圖嗎！這、這是怎麼回事？為什麼它會出現在這裡？

我驚訝得瞪大眼睛，瞳孔不自覺地瘋狂顫動。我抱著不可置信的心情蹲在地上，查看其他圖畫。隨後用手抓住自己的頭髮，發出無聲的尖叫。

啊！這些無疑是我小時候畫給克洛德的畫！由我親手繪製，塞進克洛德懷裡，作為對他的阿諛奉承！

其中一張是我在金庫裡享受金幣療法，克洛德在一旁無奈看著我的樣子。那是我九歲生日時，為了感謝他送我金庫而畫的。另一張我不太記得具體時間，但應該是我夢到自己在雲端飛翔，然後對克洛德噴出酸雨，讓他變成禿頭的夢。

而在它旁邊的是……

啊！是我第一幅報復性質的作品！上面畫著我用腳對克洛德空中飛踢！天啊，我記得我沒有把這張送給克洛德欸，他為什麼會有這個？

我猛然轉過頭，用看奇特生物的眼神看著遠處隱隱發光的腦袋。你究竟是何方神聖？為何會有這些東西？這些畫又為何會散落在地上？啊，難道他是因為看到這些，才對我燃起殺意……？

我趕緊起身，將那些可能會出現在噩夢中的可怕黑歷史留在地上，悄悄走向沙發。

克洛德在柔和的月光下熟睡。看他深鎖的眉頭，彷彿沉浸在噩夢之中，用「熟睡」這個詞似乎不太恰當。

走近之後，我俯視著克洛德的臉。為什麼他看起來如此消瘦？不知情的人，搞不好會以為他是因為女兒失蹤而寢食難安呢。

當我看著他因月光而顯得更加蒼白的臉龐，心情突然變得非常奇怪。明明他曾經試圖殺了我，此刻我卻一點也不害怕他，反而在看到他憔悴的模樣後，心底生出了滿滿的憂慮。既然這麼討厭看到我，在我消失之後，他應該要過得更好才對。現在怎麼反倒是我過得比他好？

這樣的想法只是稍縱即逝，心中突然湧現的強烈情感，讓我感覺自己好像真的變成了阿塔娜西亞。雖然我依舊沒有為他送死的打算。

「真像個傻瓜。」

我輕輕地低語，用指尖碰了碰克洛德的眉心。他微微一動，深鎖的眉頭逐漸放鬆，原本下垂的金色眼睫毛也慢慢抬起。我靜靜地看著他在月光下逐漸睜開眼睛。

「……」

克洛德沉默地看著我，我也一語不發地望著他。

不久後，他緩緩啟唇。

「真煩人。」

他低沉的聲音在寂靜的夜色中響起，我的身體不由得輕輕一顫。

「每天都跑進我的夢裡，不覺得煩嗎？」

聽到他自嘲的冷笑，我忍不住眨了眨眼睛。

他在說什麼？他說每晚都夢見……我？應、應該不是夢到把我碎屍萬段吧？

「不過今天倒是很安靜呢。」

「……」

「也罷。比起時不時出現在我面前重複那些惹人厭的話，還不如安安靜靜比較好。」

克洛德似乎認為眼前的一切不過是場夢境，我也決定不拆穿這個事實。

房間裡一時間陷入寂靜。

「為什麼……」

我看著他，但他似乎不想看到我，舉起手遮住了眼角。於是我衝動地開口詢問。

「為什麼非得找到我不可呢？」

我真的不懂克洛德為何如此緊迫地到處尋找我。如果他之前想殺我只是因為覺得我礙眼，他為何不乾脆放任我在外面自生自滅？

「是為了斬草除根嗎？」

還是他真的如此渴望親手結束我的生命？如果是這樣，那真是太可惡了。

「您現在還是一看到我，就想殺掉我嗎？」

安靜的房間裡，只有我接二連三的提問在空中迴響。克洛德沒有回答，直到最後一個疑問傳進耳中，他的手微微地顫抖了一下。

「是。」

昏暗的房間裡，他的嘴唇在月光的照射下看起來更加蒼白。只聽他用低沉的聲音接著說道。

「我恨不得立刻將妳碎屍萬段。」

聞言，我沉默片刻，用同樣低沉的聲音回應他。

「我不會死的。」

他的手又一次微微顫動。

「我絕對不會死在爸爸手上。」

隨著我輕微卻堅定的呢喃，克洛德的手在月光下重重地落回沙發上。

一直遮擋雙眼的手頹然滑落，看著他逐漸明晰的瞳孔，我一語不發，直直注視著他。

「妳……」

他散發著淡藍光輝的寶石眼流露出一抹震驚之色。

「不是夢嗎？」

我朝他微微一笑。

是啊，我是真的很想你……

「我很想念您，爸爸。」

但現在還不是來見你的時候。

「再見。」

在下次見面之前，你要好好保重。

「等等，等一下！」

啪！

克洛德急忙起身，想要伸手抓住我，但我比他快了一步，在他愕然的注視下瞬間消失無蹤。

嘩啦啦。

當我再次睜開眼睛，月光下撒落的花瓣依舊如雪花般飄舞。方才我還身在克洛德的寢室，現在卻已回到了亞勒蘭大。

如果他還是想殺了我，那我們可能真的要暫時說再見了。

我不知道要多久才能再次與克洛德見面，無論如何，這對我們來說又是一次離別。

站在鋪滿月光的街道上，我對著剛才還在眼前的他獨自告別。

只是那時的我完全沒有料想到，我們的重逢會來得如此之快。

❖ ❖ ❖

「妳好像很常來耶？告訴我妳要找的書，我可以幫妳。」

一道聲音突然傳來，我忍不住驚訝地抬起頭。站在離我兩步距離外的是這家書店的員工，我已經見過他好幾次了，他對我來說並不陌生。

「妳對魔法很感興趣嗎？」

啊，被發現了。畢竟我每次來都只看類似的書籍，不被發現才怪。這裡是亞勒蘭大最大的書店，我經常來到這裡，看來已經被店員記住了。

「有沒有關於精神魔法的書？」

「精神魔法？」

「嗯，就是處理記憶的魔法……」

我猶豫了一下，開口向店員詢問。學校的圖書館和這家書店都沒有我想知道的資訊，所以我打算直接問問看。

只見店員聽到我的問題之後遲疑了一下，低聲對我說道。

「小姐，您不會是對黑魔法感興趣吧？」

這次換我愣住了。在歐貝利亞，黑魔法相關文獻被視為禁書，根本不可能在市面上流通。黑魔法的本質並非極惡，但由於歐貝利亞的先皇，也就是克洛德的哥哥是一名惡名昭彰的黑魔法師，以致黑魔法被視為不祥的禁忌。

在先皇的統治之下，歐貝利亞的黑魔法師們無所畏懼地胡作非為，更是讓黑魔法臭名遠揚，不為人所接受。現在在克洛德的統治下，黑魔法師的數量已急遽減少，而且多半只研究魔法理論。話說回來，即便黑魔法本身沒有善惡之分，但自古以來，整座大陸都十分忌諱黑魔法，我也能理解為何書店店員會用警惕的目光看著我。

「我不太清楚，請問跟記憶有關的魔法只能在黑魔法中找到嗎？」

「通常與精神方面相關的，都被認為是黑魔法。」

「不一定都是吧？」

「如果您只是想找理論資料的話……」

店員仍警惕地看著我，但還是從書架上翻找出幾本書給我。

我大致瀏覽了一下，裡面依舊沒有我想要的內容，讓我有些失望。不過店員之前的話還在我腦海中迴盪，原來黑魔法中存在能讓人找回遺失記憶的魔法啊。當我帶著失落的心情準備離開書店時，店員叫住了我。

「您也許可以在這裡找到想要的書。」

沒等我有所反應，他便轉身去招呼其他客人了。

我拿著被折起來的小紙條走出了書店。

新格雷十三巷五十六號的無名黑色招牌

單從紙條的內容來看，這裡似乎是一個十分神祕的地方。難道是販售黑魔法書籍的地方嗎？在亞勒蘭大，黑魔法並不像在歐貝利亞那樣被視為禁忌，這可能是店員給我的提示……

消息來源是書店的店員，我猜這應該不是什麼危險的地方，只是我依舊有些猶豫。經過一番思考，我還是決定前往那個地址看看。

「歡迎光臨。」

那家店的外觀出奇普通。我本以為它會是個藏身昏暗小巷的店鋪，沒想到它卻座落在採光良好的大街上。路上的行人來來往往，對面甚至還有一家雜貨店。

「請問這裡有關於記憶或精神方面的魔法書嗎？」

「有的。」

看起來像是老闆的老人頭也不抬地指向某個地方。我帶著微妙的心情，向他指的方向走去。

呃啊，好多灰塵！這裡簡直像一整年都沒有打掃過，怎麼每一本書都沾滿灰塵？這家店平時沒有客人嗎？當然，從老闆那不屑一顧的反應來看，他似乎對做生意興趣缺缺。

我皺著眉頭，在書店的角落隨便翻看著那些書。但灰塵實在太多了，厚厚的粉塵讓我連書名都看得不甚清晰。

《愛情就是戰爭！榨乾情敵血液的四十四種詛咒》、《純血魔女的愛情靈藥處方》、《控制戀人心情的一百種黑魔法》。

欸，為什麼書名看起來都和戀愛有關？這完全不是我要找的類型啊！

我皺著臉看著坐在門口的老爺爺，但他對我漠不關心，專心地玩著報紙上的小遊戲，我只好繼續尋找自己要的書。隨便翻了幾本黑魔法的書籍後，我立刻被震驚住了。這些書籍中詳細地記載了我想知道的內容。當然，現在要使用這些魔法還有些困難，但先帶走這些書之後再慢慢研究恢復記憶的方法也不賴。

「我要買這些。」

「嗯？妳要買這麼多？」

直到我將書堆在老闆面前，他才抬起頭來。

當我們視線交會的瞬間，他的眼神突然銳利了起來。緊接著，一聲高亢的喊叫刺進了我的耳朵，嚇了我一大跳。

「小姑娘，妳被詛咒了啊！」

這老爺爺剛才說了什麼？

「詛咒？」

「沒錯，有個希望您不幸的人對您下了詛咒。」

老爺爺的眼神彷彿要鑽進我的心臟一探究竟，他眼中奇妙的光芒讓我感到些許不安。短短幾秒鐘，這個原本看似和藹的老人表情驟然變得怪異，一股寒意順著脊椎爬上了我的腦門。

「老爺爺，您是黑魔法師嗎？」

我不知道自己為何會問出這樣的問題，但當我直視著他的眼睛，那毛骨悚然的感覺瞬間攫住了我的大腦。

「曾經是，現在已經金盆洗手了。」

老闆仍然沒有從我身上移開目光。

「您是說，我受到了某種詛咒？」

這是我第一次遇到黑魔法師，心裡雖然緊張，但他說的話還是讓我有些好奇。於是我壓下對他的戒備，開口提問。

老爺爺再次用那雙詭譎莫測的眼睛打量我。

「妳受到的詛咒……非常、非常高明……」

當他奇特的目光掃過我的身體時，我忍不住打了個寒顫。

「小姑娘妳所受的詛咒……」

只是……他接下來的話卻令我瞬間呆在原地。

「我也搞不太懂呢，呵呵。」

老爺爺又回到了剛才和藹可親的樣子，摸了摸下巴，爽朗地笑了笑。

「我想這應該只是一種迷信，並不是什麼具有影響力的詛咒。頂多就是走在路上被石頭絆倒，或者吃飯時湯汁不小心濺到白衣服上這種程度吧。」

比起剛才嚴肅的態度，這個答案顯得非常輕浮。這個老爺爺不會是騙子吧？也是，真正的魔法師怎麼可能出現在這種地方，賣著布滿灰塵的書呢？

「如果想解開詛咒，妳沒必要買這些書。它們的效力看起來已經和老鼠屎一樣微不足道了。」

這、這話真的可以相信嗎？做生意的人通常都會想盡辦法把東西賣出去，這位老爺卻建議我不要買，讓人莫名產生一股信任感……

我困惑地看著他，開口說道。

「老爺爺，有件事我很好奇，可以請教您幾個問題嗎？」

「好奇？」

「您說您曾是黑魔法師，所以想徵詢您的意見。這些書中的魔法使用在其他人身上，不會有危險嗎？」

他瞄了我手中的書一眼，咂了咂舌。

「小姑娘，妳是不是想讓某個人死而復生？」

被他這麼一問，我下意識出聲反駁。

「不是的！因為某些緣由，有人受傷了，我想治療他。」

「用黑魔法治療？」

「他們說普通魔法都沒有用。」

「放棄吧。」

他似乎認為沒必要再聽我的解釋，搖了搖頭，斷然說道。

「小姑娘，妳最好不要輕易嘗試使用黑魔法。無論使用何種形式的黑魔法，都必然要付出代價。使用黑魔法的人，全都沒有好下場。」

我被他的話震驚得愣在原地。我也知道黑魔法十分危險，但無論是在歐貝利亞還是在亞勒蘭大，都很難找到關於黑魔法的書籍，讓我對它的危險程度和必須付出的代價一無所知。

「何況，我這輩子還是第一次聽說黑魔法可以用來治療。」

「但是……」

「妳一定有某些迫切的原因才會找到這裡來，對吧？」

他的話讓我像貝殼一樣閉上嘴。接著，他再次咂舌，對我說道。

「隨意倚賴這股會招致不幸的力量，終將走上無可挽回的道路。小姑娘，妳承受得了嗎？」

我靜靜地咬住下唇。

我心下了然，其實自己根本什麼都做不到。即使突然能使用魔法，我的能力仍舊不足，而且極其不穩定。也許安分地待著才是最明智的選擇。

但我不想不做任何嘗試就直接放棄。再說了，這些事因我而起，本就應該由我來解決才對。

聽到那句「妳承受得了嗎」，我不知道該如何回答，我甚至不確定自己是否有能力承擔。但如果有我能做到的事，我就必須嘗試。我暗暗下定決心，帶著堅定的表情，準備開口回應。

這時，老爺爺又一次看向我。

「小姑娘，不要輕易做出答覆。黑魔法非常邪惡，它會一點一滴奪走施法者珍視的東西。」

他的臉色比剛才更加空虛蒼白，讓我一句話也說不出口。

「黑魔法如此邪惡，只要嗅到不幸的氣味，就會興奮地撲上去，吞噬那人的靈魂。好好想想吧，妳會來到這裡，恐怕也非妳所願。」

自稱曾是黑魔法師的老人語重心長，彷彿自己曾經失去了重要的事物，他眼中閃爍著晦暗不明的光點，使人格外心驚。

「小姑娘，妳看起來有很多可能失去的事物，所以更不應該來這種地方。於妳而言，是否有人會在妳失去一切時，和妳一起擔憂，並為妳哭泣流淚呢？」

「……」

「哪怕只有一個人，妳都不應該來到這裡。」

之後，他不再回應我的提問，背著我轉身離去。

「回去吧，我不會賣任何東西給妳。」

不久之後，我走到了被夕陽染紅的路口。

黃昏市場中的人們忙碌地在食品店進進出出。我站在原地片刻，靜靜地看著熙來攘往的人群。

方才在店裡，我感到一種無法解釋的渴望驅使著我，但我現在終於平靜了下來。天氣依舊暖和，一股寒意卻莫名襲上心頭。就好像我被不知名的力量推到懸崖邊，好不容易後退了一步，才終於脫離險境。

我偷偷回頭，那塊黑色招牌仍懸掛其上，而老爺爺也依舊背對著門安詳地坐著。

——隨意倚賴這股會招致不幸的力量，終將走上無可挽回的道路。小姑娘，妳承受得了嗎？

這句話像回音一樣在耳邊旋繞。

——小姑娘，妳看起來有很多可能失去的事物，所以更不應該來這種地方。於妳而言，是否有人會在妳失去一切時，和妳一起擔憂，並為妳哭泣流淚呢？

我站在原地，望著那家掛著黑色招牌的店鋪。

過了一段時間，我才重新邁出腳步。在黃昏的街道上，我的影子被拉得好長。

「……清醒點。」

我小聲地自言自語，眼淚不住地在眼眶打轉，但我強迫自己忍住了。

即使不久之前才見過克洛德，思念仍如潮水般將我淹沒，我是真的、真的很想再見見他。不過現在還不是時候。

我試著甩開那如影隨形的執念，獨自走在夜幕降臨的街道上。

❖
❖
❖

幾天後，我再次使用隱身魔法進入學校的圖書館。

我已經來過很多次了，對這裡的熟悉程度就像在我的專屬圖書館一樣。且因我只在學生們不使用的時間前來，現在圖書館的閱覽室相當安靜。

如果要選出我最喜歡這所學校的地方，那毫無疑問就是這座圖書館。當然，歐貝利亞皇宮裡的公共圖書館和克洛德為我建造的私人圖書館也很棒，但這所學校的圖書館有著它獨特的魅力。

這些書籍都是用亞勒蘭大語撰寫，歸功於小時候的認真學習，我可以輕鬆地閱讀這些亞勒蘭大語原著。雖然和從十歲開始就一直使用亞勒蘭大語的伊傑契爾相比，我只能算是初學者……這麼一想，經歷第二次人生的我竟然在知識方面輸給了身為男主角的伊傑契爾？嗚嗚，莫名有點想哭。

我落寞地擦了擦眼淚，繞過外文原著的書架。在歐貝利亞，亞勒蘭大的書被視為外文原著；在這裡，歐貝利亞的書也同樣被歸類為外文。這微妙的文化差異，讓我切切實實地感受到自己現在正身處亞勒蘭大的事實。

我手中拿著關於控制魔力、魔法理論和實用魔法的各種書籍。因為還有很多關於控制魔力的知識要學，我一直利用空閒時間待在圖書館和書店裡。驀然間，黑色招牌書店裡發生的事又一次浮現腦海，我迅速地搖了搖頭，試圖把那天的記憶甩開，卻還是忍不住感到沮喪。不行，我現在要專注在自己能做的事。雖然還不能熟練地控制魔力，但我必須繼續努力……

我的心情有些低落，但還是拿起手中的書重新開始閱讀。

「所以我說了啊，要積極一點才行！」

過了一會，一陣嘰嘰喳喳的聲音從不遠處傳來。

嗯？已經下課了嗎？我抬頭看向遠方的時鐘，不知不覺已經過去一個小時了。啊，我得趕快整理東西離開了！眼看沒時間把書放回書架，我趕緊在手中凝聚魔力。

「我什麼時候請你給我建議了？」

「聽我的話，你絕對不會吃虧的。約翰，你好好想想，你喜歡的女孩很受歡迎，說不定很快就會被其他人搶走。」

我面前堆疊的書籍浮到空中，接著咻一聲回到書架上。

我暫時忘記了剛才低落的情緒，緊張地看著一本本書籍被整齊地放回書架。哇，這樣是不是有點像路卡斯？唉，從紅寶石宮一名被拋棄的嬰兒，到現在成為一位出色的魔法師，這不正是人類的勝利、人生的逆轉嗎？

「嗯，到目前為止你的建議都沒有任何用處。而且小聲點，這裡是圖書館。」

「喂，別這麼說……」

他們的對話真是青春啊。

我沉浸在淡淡的感慨中，用手指輕輕地摸了摸鼻子。是啊，多創造一些學生時代美好的回憶，以免將來後悔。再見了，我的學生時代！

學生們從書架另一側走出來時，我已經將書籍全都歸位。我小心翼翼地避開他們，悄悄離開了圖書館。

❖
❖
❖

「埃里希，你寒假打算做什麼？」

「這個嘛，我還沒想到呢。」

幾次之後，我已經能熟練地使用隱身魔法，能比之前更從容地穿梭在學生之間。嗯，好像在拍間諜片呢，有點有趣。

我沿著林蔭掩映的小路，來到一個人跡罕至的地方。啊，這裡是劍術訓練場，我會知道是因為皇宮裡也有相同的場所。看來這所學校也有劍術的課程。

「卡貝爾，勝！」

這時，我看到了一個熟悉的身影。啊，是牛排男孩！他是之前在教室裡問牛排去向的卡貝爾．恩斯特。一頭棕色的明亮髮絲和陽光般的帥氣外貌讓他看起來活力十足。他似乎在這次的決鬥中獲勝了。作為最後一位進行對決的小組，不久後，訓練場上的學生們紛紛散去。

由於無事可做，我靜靜地坐在一旁的樹下觀察他們。只見剛進行完對決的卡貝爾．恩斯特汗涔涔地彎腰撿起地上的水瓶，開口問旁邊的男生。

「嘿，你知道哪裡可以維修這個劍飾嗎？」

「嗯？不知道欸。」

劍飾？難道是我之前放在桌上的金屬工藝品？我想起菲力斯隨身攜帶的佩劍上也有類似的裝飾。啊，難道它壞了？是被我不小心踩壞的嗎？

我看著卡貝爾一手拿著水瓶，另一隻手在校服口袋裡翻找。接著，他將金屬工藝品拿了出來。

「這是我妹妹送的，我得趕緊修理……啊？」

話音未落，他的視線突然直直地朝我看了過來，正用雙手托著下巴的我被他的眼神嚇了一跳。

這是怎麼回事？我們對視了嗎？

啪噠！

水瓶從他的手中滑落。只見他目瞪口呆地直視著我，而我只能在原地不知所措。緊接著，卡貝爾・恩斯特的表情逐漸變得茫然。

「**精靈……？**」

什、什麼？

完全沒有預料到他突如其來的反應，我還以為旁邊有其他人，忍不住轉頭四處看了看。但周圍除了我，根本沒有別人。我僵硬地將目光移回前方，下意識地反問。

「**我……？**」

「**精、精靈說話了……**」

他呢喃般地低語，表情依舊茫然。

哇，他看到我了？看來他確實是在和我說話！難道我的魔法失效了嗎？這、這種情況簡直超級尷尬。為什麼突然變成這樣啊？這段時間我明明已經能控制住魔力了……但仔細一看，其他人似乎看不見我？

「**什麼啊，你幹嘛突然這樣？**」

地。

「怎麼了？那邊有什麼嗎？我只看到樹啊？」

其他學生困惑地交頭接耳，只有卡貝爾出神地望著我，手中的劍飾不知不覺滑落在地。

噹啷！

說時遲，那時快，我的眼睛像突然清醒般重新聚焦。

「咦！剛剛那是什麼？」

卡貝爾．恩斯特急忙四處張望，大聲喊道。這會兒，他似乎又看不見我了。

啊，難道是那個工藝品！那是魔法道具？能夠讓魔法無效化？我之前聽說過這種東西，所以劍飾從他手中掉下來的時候，魔法無效化的作用就解除了，是這樣沒錯吧？

「我剛剛看到精靈了！那是什麼？怎麼回事？」

噢不！等一下，感覺要被抓住啦！

我迅速向後退去，緊急避開朝我走來並伸出手的卡貝爾。卡貝爾．恩斯特彷彿無法相信剛才的事情，震驚地用手指了指我原先站的地方。聞言，一旁的男生開口叫他不要說傻話。

「你在說什麼奇怪的話？哪裡有精靈？」

「眞的！我確定她剛才就在這裡！」

「你是在作夢吧？」

「你沒看見嗎？精靈就站在這裡！她的頭髮和眼睛都閃閃發光！背後還有一圈光環！」

夠、夠了！好尷尬！啊啊啊！

「尤其是那雙眼睛！既不是藍色也不是綠色，而是閃閃發光，像珠寶一樣……！」

宏亮的聲音在訓練場裡不斷迴盪。

就在那時，一個想法閃電般掠過我的腦海，我瞬間驚訝地張大嘴巴。啊，我想起來了！我就說我怎麼覺得「卡貝爾．恩斯特」這個名字特別耳熟！我怎麼把這件事忘得一乾二淨了呢？卡貝爾．恩斯特正是《可愛的公主殿下》中，迷戀珍妮特並追求她的其中一名男配角！

從某種意義上來說，卡貝爾．恩斯特是個不幸的男配角。不，不只是卡貝爾，《可愛的公主殿下》中所有的男性角色都一樣。嗯，確切來說是「除了伊傑契爾以外的男性角色」，畢竟珍妮特這位女主角俘獲了各國英俊男士們的心，但她最終選擇了伊傑契爾。伊傑契爾是如此獨特且出眾的男主角，小說中其他男配角幾乎無法像他那樣登場表現。嗯，不過這些男配角們在某些讀者眼中似乎還滿受歡迎的。

總而言之，卡貝爾．恩斯特也是小說中對珍妮特深深著迷的其中一名不幸的男配角，而他也是伊傑契爾在亞勒蘭大留學時認識的朋友。

據我所知，珍妮特和卡貝爾初次相遇是在歐貝利亞。當時珍妮特大概是十七、八歲吧？嗯，記憶有點模糊，無論如何，那都是幾年後才會發生的事了。

小說中，卡貝爾．恩斯特並不是學生，而是亞勒蘭大王室裡一位非常有才能的騎士。當亞勒蘭大使節團來訪歐貝利亞，他便被派遣擔任護衛。我努力回想關於小說的模糊記憶，覺得他當時可能是想去見見學生時代的朋友伊傑契爾吧。

當卡貝爾．恩斯特來到歐貝利亞皇宮時，他便對初次見面的珍妮特一見鍾情。對他來說，這一定是命中註定的相遇。遺憾的是，對珍妮特而言，這不過是一次普通的會面。從頭到尾，卡貝爾都只是配角。這麼一想，他真的有點可憐呢。但還能怎麼辦？伊傑契爾從一開始就是存在感爆棚的男主角啊！值得高興的是，不幸的卡貝爾還是有著如向日葵般受歡迎的陽光性格，因此非常受讀者喜愛。呃，這都是曾經向我推薦這本書的國中女生告訴我的……畢竟直到今天我才突然想起他的存在，對他哪有什麼了解呢。

啊！對不起，男配角！但你的存在感真的太薄弱了……嗚嗚。

此前我完全忘記了卡貝爾．恩斯特的存在，但在他開口喊我精靈時，那些被埋藏的回憶突然重新回到腦中。小說裡確實有一個像狗狗一樣的男配角，總是跟在珍妮特後面「精靈、精靈」地叫她。嗯，他會這樣喊我們，可能是這雙特別的寶石眼吧……

唉，當著別人的面說這麼讓人害羞的話也太羞恥了吧？呃，雖然我也會這樣叫黛安娜，但我的媽媽真的是精靈啊！所以我叫她精靈姐姐完全沒問題！對，沒錯！

不過仔細一想，卡貝爾會被珍妮特拒絕也是理所當然。每次見到珍妮特就大喊精靈什麼的……

光想像就令人尷尬得渾身起雞皮疙瘩，對吧？

即使精神上想支持他，但作為一個親身體驗過「精靈攻擊」的人，我也無法替他辯駁。唉，配角之所以是配角都是有原因的。

「對了，不知道珍妮特最近過得怎麼樣了？」

遇到了註定愛上珍妮特的卡貝爾·恩斯特，我突然很好奇珍妮特最近過得如何。嗯，她肯定過得很好，但在我離開皇宮之前，已經有一段時間沒有跟她聯絡了……

等一下，難道小白叔叔會看準這次機會，把珍妮特帶到克洛德面前嗎？如果是那樣，我覺得克洛德可能會殺了珍妮特，而且真的發生了那麼大的事件，一定早就傳出謠言了。再說，我覺得小白叔叔應該還在為珍妮特的登場做準備，他肯定想安排得非常盛大熱鬧。

在小說中，小白叔叔是在阿塔娜西亞的成年舞會那天讓珍妮特和克洛德第一次相遇，既然克洛德仍如此迫切地尋找我，代表珍妮特應該還在亞勒腓公爵府上。

那去看她一眼好了？

——小姑娘，妳被詛咒了啊！

——有個希望您不幸的人對您下了詛咒。

突然間，我想起了黑魔法師爺爺說的話，沉默了片刻。

啪。

彈指過後，我坐在前陣子剛舉辦過慶典的拉蘇斯地區盛開的花樹上，將心中的想法付諸行動。

❖
❖
❖

「真奇怪……」

片刻後，我瞇著眼睛觀察著來來去去的人群。

這次的瞬間移動很成功，我安靜地降落在亞勒腓公爵府的屋頂上，使用隱身魔法爬到樹梢，簡單地觀察了一下周圍的情況。我不知道珍妮特的房間在哪裡，自然不能盲目行動。

不知為何，宅邸內的氛圍很是奇怪。好像有點陰沉？應該不是我的錯覺吧……

喀嚓。

就在這時，公爵府的大門在發出一聲細小的聲響後被打開了。

「路上小心。」

啊，是小白叔叔！站在他旁邊的難道是亞勒腓公爵夫人？哇，我之前常常見到小白叔叔，都快看膩了，但這是我第一次看到公爵夫人。她看起來有點嚴肅，是一位十分優雅的貴婦人。伊傑契爾和她不太像，他果然是名副其實的小白二世呢……

「伊傑契爾，準備好了嗎？」

「是的，父親。」

亞勒腓公爵站在門外開口詢問，這時，一道身影款款走出了來。啊，是伊傑契爾。自從克洛德的生日宴會之後，這還是我第一次看到伊傑契爾。看到他挺拔的身影，我抓著樹枝的手不由自主地輕顫了一下。

——阿塔娜西亞公主殿下！

記憶中柔和的聲音輕輕掠過耳際。

——恕臣失禮了。

——是，臣什麼都沒看見。

一想到那晚伊傑契爾沉默地陪伴在我身邊，看我哭了很久，我不禁微微低下頭。片刻後，我再次抬起頭。看來他們父子正準備外出。

「真的只要你和伊傑契爾兩個人去就好嗎？」

「既然和羅札莉雅沒有太多外交往來，這樣可能更好。」

面對夫人的提問，亞勒腓公爵頷首回應。

嗯？他們剛剛提到了羅札莉雅？他們現在是要去珍妮特的姨母家嗎？

我擔心亞勒腓公爵要開始執行奇怪的計畫，忍不住緊盯著他們。

「我知道，但珍妮特……」

「我也要去。」

就在這時，一道黑影從打開的門後方走了出來，那是一身黑色穿著的珍妮特。只見亞勒腓家的人都露出驚訝的表情看著她。

總覺得有點奇怪，大家為什麼都穿著黑色衣服？撇開伊傑契爾和小白叔叔的正裝，為什麼珍妮特也穿著黑色裙裝？而且，她還戴著黑色的面紗……

「珍妮特，我不是說了不行嗎？」

「為什麼不行？」

亞勒腓公爵迅速收起驚訝的表情，用嚴厲的語氣對珍妮特說道。看來他不打算帶珍妮特去羅札莉雅伯爵家。

「那是我的姨母。除了我之外，還有誰有這個資格？」

「珍妮特，這不是資格的問題，妳也很清楚不是嗎？」

「那問題在哪裡？就算您阻攔我，我也還是要去。」

喔，氛圍為何如此緊張？珍妮特想去，亞勒腓公爵想阻止，這令人不安又沉重的氣氛到底是怎麼回事？

「總之我不允許。」

「叔叔！」

聽到羅傑・亞勒腓冷靜的拒絕後，珍妮特幾乎是嘶啞地吼了出來。

我被她嚇了一跳，我從未見過她如此失態的反應。雖然被面紗遮擋，看不到她的表情，但從她的聲音中，我可以感覺到珍妮特幾乎快哭了。她似乎在埋怨亞勒腓公爵的無情，同時也對現況感到深深的憤怒和悲傷。

「我、我必須去，我一定得去啊⋯⋯」

正如我的猜想，珍妮特的聲音像是被水氣浸濕般，氣息十分不穩。

「從聽聞羅札莉雅伯爵夫人病危的那天直到現在，我已經盡量用妳能理解的方式向妳說明了好幾遍，不是嗎？妳不該再這麼固執。」

「但是⋯⋯」

「妳看看妳，甚至無法控制自己的情緒，還說要跟著我們一起去？」

「她是我的姨母啊，是我的家人，為什麼……」

「是。所以妳在羅札莉雅伯爵夫人的葬禮上，不就更容易受到影響嗎？」

話音未落，我忍不住倒吸了一口氣。

什麼？羅札莉雅伯爵夫人？珍妮特的姨母死了？

我完全沒有想到事情會這樣發展。羅札莉雅伯爵夫人不是應該在珍妮特身後，努力幫助她成為第一皇位繼承人嗎？

在小說中，她在解決掉阿塔娜西亞之前不是都還活著？她怎麼突然死了？前陣子聽說羅札莉雅伯爵夫人要來拜訪，珍妮特不是還很高興嗎？到底發生了什麼事？

「葬禮就由我和伊傑契爾參加。珍妮特，妳就待在房間裡好好平復自己的心情吧。」

亞勒腓公爵的態度始終如一，從他的語氣中可以感受出他不願讓珍妮特出席羅札莉雅伯爵夫人葬禮的堅決。

我看著珍妮特從黑色面紗下露出的下巴，透明的眼淚順著臉頰滴滴答答地淌落。直到最後，珍妮特都沒能說服亞勒腓公爵，只能哭著離開了現場。

「父親，我去看看珍妮特。」

「好，快去快回。」

伊傑契爾跟著珍妮特離開後，亞勒腓公爵深深地嘆了一口氣。

「我會好好安慰她的，你放心去吧。」

「怎麼會變成這樣……」

我看著嘆著氣的亞勒腓公爵和安慰他的公爵夫人，悄悄從樹上爬了下來。方才我才看到珍妮特淚流滿面地出現在二樓的窗戶邊，她的房間應該就在那裡。

叩叩。

「珍妮特。」

此時此刻，我正躲藏在宅邸二樓走廊的角落，偷偷觀察著敲門的伊傑契爾。

咳，明明已經用了隱身魔法，為什麼還要這樣蜷縮著身體躲在花盆後面呢？嗯，說實話，這樣偷偷觀察別人本身就是一種惡趣味……即便這樣想著，我還是沒有離開藏身的位置。

「我現在必須出發去羅札莉雅伯爵的宅邸了。」

無論如何敲門，珍妮特都沒有回應，伊傑契爾只好對著緊閉的門扉自言自語。我仍然躲在花盆後面，屈膝坐著，偷聽他說話。

「在那之前，把妳剛才拿在手裡的東西給我吧。我會幫妳轉交的。」

咦？珍妮特剛才手裡有拿東西嗎？

「珍妮特。」

伊傑契爾再次用柔和的聲音喊出珍妮特的名字。一片靜默之中，伊傑契爾若有所思地站在原地，靜靜凝視著房門。

過了好一會兒，門發出一道細微的聲響，緩緩打開。終於從房間走出來的珍妮特正在哭泣，她摘下了黑色的面紗，臉上已經被淚水浸濕。珍妮特看著門外的伊傑契爾，眼淚不受控制地滑落。興許是方才與亞勒腓公爵的對話，她知道再說什麼都是徒勞。

「珍妮特。」

一直注視著她的伊傑契爾慢慢地伸出手。

「沒關係的。」

他伸出的手臂，輕輕環住她微微顫抖的瘦弱肩膀。我屏住呼吸，看著珍妮特倚靠在伊傑契爾懷中。

「哭吧，不要緊的。」

「嗚，嗚嗚……」

「珍貴之人永遠地消失了，感到悲傷是理所當然的。」

伊傑契爾低沉的呢喃和珍妮特微弱的啜泣在安靜的走廊中格外清晰。

「更讓人痛苦的，是面對這一切我們卻什麼都做不了。」

「嗚嗚……」

我突然想起好幾年前，在那間盛開著白玫瑰的溫室中，兩人依偎的身影。當時伊傑契爾即將前往亞勒蘭大，而珍妮特緊緊抱住他，哭著叫他不要走。那時，他也是這樣擁抱著哭泣的她，用略顯笨拙的動作輕拍她顫抖的肩膀。

「珍妮特，我們並非不懂妳的心情。」

比起那時，此刻伊傑契爾的動作已熟練許多。珍妮特環抱著伊傑契爾，在他的懷中不停啜哭，畫面看起來十分淒美……

「請代替我……」

終於，珍妮特用哽咽的嗓音開口道。

「將這朵花獻給她……並告訴她我真的很愛她……直至現在也是……嗚嗚……」

「好。」

「請告訴她，今後我也會……非常非常想念她……」

說完，珍妮特又情不自禁地哭了起來。這時我才注意到珍妮特手上正抓著一朵白色的花。

啊，原來如此。珍妮特無法親自為過世的姨母弔唁，甚至無法親手將這朵花獻給她。

「好，我會幫妳轉達的。」

伊傑契爾在珍妮特耳邊低聲回應。

我靜靜看著他們，無法描述此刻心中的複雜感受。不知為何，這般壓抑的氣氛讓我很不自在，於是我悄悄離開了現場。

❖ ❖ ❖

當再次睜開眼睛，我又回到了蘆葦叢中。

每當我情緒受到打擊，瞬間移動來到這片蘆葦原的機率就會增加。這就相當於遊戲中的重生點嗎？

「唉，這到底是怎麼回事？」

我躺在田野中，呆呆地望著天空。為什麼會接連發生這樣的事情呢？克洛德失去了記憶，而羅札莉雅伯爵夫人也去世了。

我靜靜看著飄過頭頂的雲朵。視野中，淺棕色的蘆葦葉片正隨風擺盪著。

伊傑契爾和珍妮特不久前的模樣在我腦海閃過，讓我的心情非常複雜。

啊，我突然很想見見路卡斯。如果是路卡斯，他一定會嘲笑我，告訴我這根本不是什麼大不了的事，完全不需要擔心糾結。

「啊，劇情突然變得好奇怪啊。」

當然，我絕對不是希望一切按照小說劇情發展！

我不想像小說那樣被冤枉，更不想被克洛德殺死，從某種意義上來說，羅札莉雅伯爵夫人的死對我而言是一個天大的好消息。

每當這麼想時，我就會突然想起珍妮特流淚的模樣。羅札莉雅伯爵夫人對我來說可能不是一個好人，但對珍妮特來說，那是她唯一的家人。

如果更早之前，我可能不會在乎珍妮特的心情，但自從我們透過茶會和書信往來建立起關係之後，我不由得感到有些困惑迷惘。

那天晚上，我再次悄悄潛入亞勒腓公爵府。在漆黑的夜色中，亞勒腓公爵宅邸一如白天般被陰鬱沉悶的氣氛籠罩。造成這股低迷氣氛的主因有二，首先是珍妮特的姨母去世了，其次可能是亞勒腓公爵的計畫發生了變故。

我當然不知道小白叔叔正在策劃什麼，但他似乎已經與羅札莉雅伯爵夫人計畫好了某種陰謀。

說到這，我想起小白叔叔在小說裡似乎很容易就達成他的目的，但在現實中好像不是這樣？呵呵。所以啊，小白叔叔，從現在起，請不要再利用其他人，腳踏實地地生活吧。你現在已經過得很好了，為什麼還要為了無謂的野心不停計算呢？心思太複雜，早晚會變成禿頭的。

我短暫地為小白叔叔的髮量哀悼，而後將魔力注入指尖，只見我手中的紙頁騰空而起，飄落在珍妮特房間的陽臺上。

啪！

接著，我從旁邊的樹上摘下一顆尚未成熟的綠色果實，用魔力將它射向珍妮特的窗戶。

啪！

再次重複同樣的動作後，窗邊終於傳來動靜。陽臺的窗簾被拉開，一張毫無血色的臉蛋在月光的映照下顯得更加蒼白，她的眼角依舊微微泛紅，大概是伊傑契爾走後又繼續哭了很久吧。珍妮特探頭四處張望，似乎感到有些困惑，但在發現陽臺上的紙片後，她便推開門走了出去。

三日後這個時間我會來見妳，妳的朋友上。

珍妮特撿起紙條，讀完後驚訝地瞪大雙眼。她再次四處張望，仍舊沒有發現任何人的蹤影。

我看著珍妮特將紙片收好，關上陽臺的門回到房間，便悄悄離開了亞勒腓公爵府。

❖
❖
❖

「抱歉打擾了。」

正如我留下的紙條，三天後，我依約來到珍妮特的房間外。

其實一開始我有點擔心她會把紙條的事情透露給亞勒腓公爵或其他人，便一直密切關注著她的行動，幸好珍妮特有好好保守這個祕密。

我走向已經開啟的陽臺玻璃門，進入了房間。

「瑪格麗塔小姐，好久不見。」

我披著月光踏進房間，看到珍妮特呆愣地站在原地。昏暗的房間中，她彷彿鬼魅般獨自站立……但在我眼中，她被隱隱顫動的暖黃燈光襯托得恍如夜之女神，讓我的心臟不禁怦怦一陣狂跳。哎呀！現在的我反而更像女鬼吧？早知道就應該把頭髮綁起來。抱、抱歉，沒有好好守護妳的眼睛……

「我是不是嚇到妳……呃啊！」

我抱持著這樣的想法，有些尷尬地開口，只見珍妮特突然衝向我一把將我抱住，讓我忍不住發出一聲悶哼。

「公主殿下！真、真的是公主殿下嗎？」

看著那雙盛滿不可置信的眼睛，我感到有些尷尬。咳咳，難道是想確認我是不是鬼魂嗎？但這樣隨意地抱住我，她的行為真是過於大膽了。

「沒錯，真的是我。」

聽到我的回答後，她的瞳孔比剛才更加激烈地晃動。一股微弱的震顫從她環著我的手上傳來。哎呀，等一下！為什麼她的眼眶裡有淚水在打轉？不、不會是要哭了吧？嗯？不可能吧？

「真的是公主殿下……！」

「哎呀！」

珍妮特似乎沒有察覺到我心中的擔憂，眼淚不受控制地湧出。同時，她收緊了抱住我的腰的手，我再次發出一聲悶哼。啊，這、這似乎有些越界了吧？儘管我們一同參加過茶會，也有過書信往來，對彼此都有一定的認識，但這樣還是太過親密了吧？唉，我太大意了。雖、雖說不是不喜歡，但真的有點尷尬。啊，看看我現在雙手無處安放的模樣！

「我、我還以為……」

因為珍妮特突然的擁抱，我只能驚訝地把手抬到半空中，低頭看向哽咽的她。

「再也見不到公主殿下了……嗚嗚……」

我突然愣住了。

「聽、聽說您突然從皇宮中消失……」

「……」

「我真的好害怕……再也見不到公主殿下了……」

「……」

「我太害怕了……嗚嗚，所以……」

她的語調泣不成聲，我實在很難聽清楚她說了些什麼。珍妮特好像很害怕我會消失，她用發抖的雙手緊緊地環抱住我，眼淚不停地淌落。

「嗚、嗚……」

我看著她嘆了口氣，把手放到她的背後，輕輕拍了拍。

在我的安撫之下，珍妮特的哭聲更加毫無顧忌地爆發出來。她斷斷續續的啜泣敲打著我的耳膜，在涼爽的夜晚逐漸消散。

「嗚嗚……」

一時之間，我竟覺得眼前的她有些可憐。儘管我的處境也不容易，如果有人因此嘲笑我偽善，我也辯無可辯。

我知道，面對一個也許某天會背叛我的人，抱著這種心情其實很愚蠢。

但在這一刻，抱著我放聲大哭、視我為唯一依靠的十四歲珍妮特確實令人憐惜。

根據近期在歐貝利亞打聽到的情報，羅札莉雅伯爵夫人在離開領地前往首都的途中，遭遇了突如其來的落石事故，昏迷不醒，並在幾天前不幸身亡。最近自然災害頻傳，引發了不少事故，她應該是意外被捲入其中。

我默默拍著她的背安慰她。

這樣抱著珍妮特，讓我心中生出一絲微妙的情緒。

按照原本的劇情，珍妮特本不該一個人如此無助地傷心哭泣。此刻的她，應該已經結束成年舞會順利進入皇宮，並深得克洛德喜愛。她應該被愛著她的人們包圍，露出幸福的笑容才對。因為這部小說完全是為了女主角珍妮特的幸福而存在。

但此時此刻，她卻在亞勒腓公爵宅邸昏暗的房間裡獨自流淚，沉浸在悲傷之中。

是因為我改變了劇情的緣故嗎？

「嗚嗚……」

寂靜的房間裡，只有珍妮特的哭聲清晰地迴盪在耳邊。感覺衣襟逐漸被她的淚水浸濕，我只能繼續用乾燥的手溫柔地拍撫她的背。

真的很抱歉，珍妮特。

我心裡默念著這句誰也聽不到的話。

在我內心深處，竟羞愧地對於妳的不幸感到些許安慰。妳沒有以克洛德女兒的身分出現在成年舞會上，我的地位沒有受到任何威脅；克洛德接受我作為他的女兒，並沒有選擇妳；而可能在未來對我構成威脅的妳的姨母，如今也去世了……

「真是太好了……」

在這裡獨自哭泣的人不是我，而是妳，我的內心竟扭曲地鬆了一口氣。

啊，真討厭。

「能再次見到您……真是太好了……」

真討厭如此自私且醜陋的自己。

聽著她夾雜著淚水的低語，我靜靜看著被月光照亮的天花板。珍妮特顯然把我當成她唯一的親人，在失去了姨母的此刻，她依靠著我，把我視為比家人更親近的存在。

「我也是……」

我為那樣的珍妮特感到心酸和不捨，另一方面，卻又帶著對她的懷疑來到這裡。

「能再見到妳真是太好了。」

而現在，我亦是掩飾著內心醜陋的自私，擁抱並安慰她。

並非責怪亞勒腓公爵或羅札莉雅伯爵夫人沒有照顧好她，此刻的我就是個最惡毒的騙子，而不是小說中那個心地善良的阿塔娜西亞。

帶著這樣扭曲又自私的心情，我將可憐的珍妮特緊緊抱住。

「好的。這是我們兩人之間的祕密喔。」

珍妮特起初還猶豫了一下，最終還是承諾不會對任何人提及我來找她的事。

「明天也能再見到您嗎？」

她這樣看著我……呃，那濕漉漉眼神就像一隻小貓，讓我有點吃不消。為、為什麼我感覺自己像來拯救被困在塔裡的公主殿下的騎士或魔法師呢？這種情節不太對吧！

「當、當然。」

而我這種對美女毫無抵抗力的性格也不好！

當我離開時，珍妮特已經停止哭泣，看起來也比之前精神了許多，真是太好了。

她可能是怕我為難，沒有問我為何會離開皇宮，也沒有探究我為何突然能自如地使用魔法。

嗯，到目前為止，一切都還算順利吧……

❖ ❖ ❖

世界上許多事情都源於一次小小的意外。

在我無法返回皇宮、四處遊蕩時，突然對珍妮特產生了強烈的「好奇心」。最近，我總會產生像「珍妮特可能從來沒有來過這種地方」之類的想法。

這麼一想，我一直被困在皇宮，像溫室裡的花朵一樣，而珍妮特會不會也一直被困在亞勒腓公爵宅邸，不能自由地外出呢？直到不久前，我在綠寶石宮與珍妮特互通信件時，我對她的好感無非是對此有所共鳴。

我把自己被克洛德幽禁在綠寶石宮和珍妮特不能自由離開亞勒腓公爵府視為同樣的處境。但現在的我已經離開皇宮，過著自由的生活，珍妮特卻連羅札莉雅伯爵夫人的葬禮都無法出席，因此我對她的關心自然也有了不同的含義。

現在想起來，是在上次的茶會嗎？在我們談論建國紀念日的時候，珍妮特很高興地說這是亞勒腓公爵第一次允許她參加慶典。雖然紀念日就在兩天後，但之前見面時，我隱約感覺到她並沒有參加慶典的打算。

自從上次去亞勒腓公爵府找她之後，我又去探望了她兩次。

事實上，像現在這樣來見珍妮特必須冒相當大的風險，但她看起來就像被困在城堡裡的公主，整天被關在房間，我覺得她一定十分孤單。何況她每次見到我都不由自主露出燦爛的笑容，讓我根本無法控制自己，只能偷偷溜進亞勒腓公爵宅邸去見她。

我也曾懷疑詛咒我的人可能是珍妮特。雖然只是一個微不足道的咒語，但一想到有人希望我不幸，我就覺得很不舒服。而我身邊唯一與黑魔法有關的人就是她。

但每次見到珍妮特，我又覺得施放咒語的人不可能是她。見到那雙閃閃發光、盈滿開心的眼睛，我根本無法想像她會做出那種事，更別說她只是一個連孤單都無法遮掩的十四歲少女。

我聽說伊傑契爾最近很忙，沒時間與珍妮特見面。每次我去找珍妮特，都沒有看到他的身影。嗯，他是有什麼重要的事情嗎？珍妮特說，伊傑契爾已經離開公爵府好一段時間了。

我猶豫了一下，決定在建國紀念日那天去找珍妮特。

「公主殿下，歡迎光臨。」

珍妮特現在已經不會因為我突然出現而感到驚訝了。嘿，記得之前我花了很長時間才習慣路卡斯莫名其妙地出現，反觀珍妮特的適應速度真的很快呢。但她現在的樣子，不就像迎接剛下班回家的丈夫的妻子嗎？

我微笑看著熱情歡迎我的珍妮特，尷尬地甩了甩頭，將那些雜念驅散。然後，我對微微側頭看著我的珍妮特說出了這幾天一直在考慮的事情。

「瑪格麗塔小姐，要不要跟我一起出去玩？」

「什麼？」

珍妮特似乎被我的話嚇了一跳，她看起來不太確定自己剛剛聽到了什麼，向我投來困惑的眼神。

隨著瞳孔逐漸放大，她似乎終於明白了我的意思，臉上的表情宛如被施了魔法，如同春天盛開的花朵般緩緩展開。

我微笑著向她伸出手，珍妮特也開心地緊握住我的手。

「好……！」

她什麼都不問就直接答應，就好像只要是我想做的事，她都會跟隨。

於是我彈了彈手指，決定成為她的彼得潘。

喧囂聲自不遠處傳來。

「天啊！公主殿下，我們真的跑出來了！」

我們順利瞬間移動到一條無人的小巷，這裡是我幾天前預先找好的地點。四周堆著散發出怪味的破舊箱子，但這點小事對珍妮特來說都十分新奇。她不停地四處張望，讚嘆不已。

趁她不注意，我獨自站在牆邊劇烈喘息。喔天啊！表面上看起來很瀟灑，但這畢竟是我第一次帶其他人一起瞬間移動，說實話真的超級緊張！我真的很害怕出了什麼差錯，比如會不會少帶一隻腳過來之類的。

自從離開皇宮，我覺得「順其自然」似乎成了我唯一的信念。

「公主殿下！我們快點去那裡！」

「等等，稍等一下。」

珍妮特拉著我的手，顯得很是興奮。她就像看見雪的小狗那樣高興，看來她真的很喜歡出門。

我看著她那張興致盎然的臉，揮了揮手召喚了一件像斗篷的東西。

「先把這個穿上。」

她的衣服看起來有點昂貴，穿上斗篷之後應該就不會被發現身分了。根據前幾次去亞勒腓公爵府的經驗，除了用餐時間，幾乎沒有人會主動去找珍妮特，所以短暫外出一下應該沒問題。畢竟羅札莉雅伯爵夫人才剛過世，他們應該會盡量避免打擾珍妮特。

話說回來，我應該先想辦法偽裝我的臉才對。

嘿！歡迎來到「娜西的一秒鐘整形美容院」！

「咦？公主殿下您的臉……」

隨著魔力注入，珍妮特看著我驚訝地倒抽一口氣。

「因為擔心有人看了影像石後認出我，所以稍微改變了自己在別人眼中的樣子。」

「髮色和瞳色看起來都不一樣了。」

經過多次練習，我終於能更加熟練地使用偽裝魔法，讓我的臉比原來更加普通。

嗯哼，這麼說好像有點自大，但原先和黛安娜相似的美貌，現在變得如同街上常見的普通臉龐。當然，我並沒有改變臉的骨骼或肌肉的形狀，只是用了與隱身魔法相似的原理，施放一層魔法屏障，使五官看起來更模糊。聽說如果使用更高階的魔法，可以在一段時間內完全改變臉部的模樣……

我想像著一邊發出「喀喀喀」和「噗嗤」這樣的聲音，一邊移動臉部骨骼的畫面，就覺得非常毛骨悚然。

「那我們走吧？」

「好的！」

珍妮特似乎對我改變後的模樣感到新奇，看了我好一會兒，但在聽到我的邀約後，她立刻笑著回答。那瞬間，我彷彿又看到她周圍開出許多燦爛的花朵。

……啊，或許應該先偽裝珍妮特的臉才對。她太美了，路上的人會不會一直盯著她看，並頻繁向她搭訕呢？女主角的美貌也可能會吸引到奇怪的人吧？啊，或許我應該提醒她在外面不要露出這麼美麗的笑容……只是這個建議也太奇怪了吧！

「走吧，公主殿下！」

珍妮特不知道我內心的苦惱，再次拉起我的手。我只好無奈地跟著她走向人潮擁擠的街道。

無論是之前和路卡斯來的時候，還是幾天前我自己來的時候，這條街上總是人山人海。由於今天是建國紀念日，看起來更加熱鬧了。

「大叔，請給我十串烤肉串！我之前常常來，旁邊那兩個小的可以免費給我嗎？」

「阿姨，請給我兩個棉花糖！麻煩做成彩色的！」

「等等！左邊這個好像比較輕欸，姐姐，這是不是分量不夠啊？」

「我要兩份蜜糖冰淇淋，四球的！上面要撒巧克力碎片！」

珍妮特第一次和亞勒腓家族以外的人來到這麼熱鬧的街道，對於所有事物都感到新奇。我帶著她一起品嘗之前事先踩點過的美味小吃。

「太厲害了！公主殿下，您怎麼什麼都知道？」

當我們連續逛了好幾個攤位後，珍妮特驚訝地對我說道。

哈哈，我之前逃亡流浪時曾獨自在這條街上閒逛遊玩呢！雖然那並非完全出於我自己的意願。嗚嗚。

看著珍妮特一邊吹了吹手上的烤雞肉串，一邊大口咀嚼，我向她提起我從剛才就一直在想的事。

「比起這個，瑪格麗塔小姐，我們是不是改一下稱呼比較好？」

「啊。」

珍妮特這才恍然大悟地意識到她之前一直稱呼我為「公主殿下」，連忙用手摀住嘴巴，緊張地四處張望。幸好，周圍的人並未注意到我們的對話。他們關心的只有吃雞肉串也能散發耀眼光彩的珍妮特的美貌。嗯，我們確實需要移動到人少一些的地方。

珍妮特像和媽媽外出的乖巧孩子般，緊緊握住我的手，小步跟在我身後。

走進人煙稀少的小巷後，我對珍妮特說出了自己很久沒有使用的暱稱。

「從現在開始，請叫我『娜西』。」

「啊，我怎麼可以……」

珍妮特嚇得語氣結巴，但我朝她伸出食指，果斷地說道。

「我會稱呼瑪格麗塔小姐為『珍妮』。」

哇，終於說出口了！每次看到珍妮特，我總是忍不住想說出那個甜美的魔法巧克力粉[1]的名字！唉，那遙遠的過去啊……如果有人聽到，他們可能會嘲笑這是一個像「小

1　珍妮的韓文「제티」與韓國巧克力沖泡粉品牌發音相同。

黑」、「小藍」一樣無趣的名字，畢竟這個世界沒有人知道那種沖泡即食的魔法巧克力粉。但「珍妮」這個名字不是很可愛嗎？而且和「娜西」很相配呢。

珍妮特並不討厭我為她取的暱稱。只見她害羞地紅著臉咕噥道。

「感覺像暱稱一樣，總覺得有點害羞。」

「一開始總是比較難嘛，習慣就好。來，珍妮！妳也試試那樣叫我吧！」

「那麼……娜、娜西……」

珍妮特紅著臉喊出了我的小名。哎呀，她怎麼連害羞的樣子都這麼漂亮啊？

我們很快解決了稱呼問題，再次歡快地享受慶典。

今天是建國紀念日的第一天，沒有什麼大型活動，人們只是逛逛各種食物和工藝品的攤位，或是玩玩射擊娃娃之類的遊戲。但我知道明天下午將會舉辦皇室成員的街頭遊行，以及建國紀念日最後一晚的煙火秀。當然，現在皇宮裡的皇室成員只有克洛德，明天參加活動的想必只有他一人。

「這個送妳。」

「這是……？」

在街上逛了一陣子後，我送給珍妮特一條由多條細線編織而成的手鍊。

「據說只要戴在手上，就能實現願望喔。」

剛才珍妮特被街邊的絨鼠吸引時，我趁機在旁邊的攤位買了這個。坦白說，它不是什麼貴重的禮物，但這就是節日慶典的樂趣所在。我之前收到過珍妮特的緞帶禮物，所以衝動地買了它作為回禮，雖然在珍妮特眼裡大概不算什麼吧……

「真的、真的非常感謝。我會每天都戴著它的。」

沒想到，珍妮特帶著感動的神情，珍惜地捧住那條手鍊。

啊，不是吧……她這麼喜歡，反倒讓我有點不好意思了。

「今天真的很開心呢。」

不知不覺，太陽已經逐漸落下，我們拿著巨大的棒棒糖，並排走在路上。

珍妮特不知道該如何吃這個和她臉一樣大的糖果，所以只是拿在手上。而我知道我不可能吃完它，便隨便舔了舔。

「就這樣回去好像有點可惜。」

「但珍妮說過要在晚餐前回去，這樣才算是完美犯罪吧？」

面對露出失落表情的珍妮特，我故意開玩笑地說。由於還不太習慣用綽號稱呼對方，我們有時會叫錯名字。

「這樣下次才有機會再出來玩啊。」

聽到我的回答，珍妮特眼中閃過一絲動搖。

「真的……還有下一次嗎？」

「妳想不想看煙火？我沒有在皇宮以外的地方看過，所以有點好奇。但我找不到人陪我一起看。」

我停下腳步，對著珍妮特說。

「不介意的話，要不要之後跟我一起去看？」

這是我第一次向別人發出約會邀請，而我邀請的對象居然是珍妮特！不過無所謂，今天和珍妮特相處的時光比想像中更愉快，身為她的彼得潘，我可不允許她錯過慶典最後一天的煙火秀。

「當然沒問題，我很樂意。」

看到珍妮特露出甜美燦爛的笑容，我不禁尷尬地摸了摸自己的鼻子。

接著，我們為了盡快返回亞勒腓公爵宅邸，走入了一條冷清的小巷。

「喂，小美人！」

就在這時，後方傳來了一些令人作嘔的聲音。

啊？這是哪裡來的流氓啊？

「嘿嘿，有空的話要不要和哥哥一起玩？」

緊接著傳來的口哨聲也像是塗了奶油一樣，油膩得讓人噁心。我站在巷口，一邊盯著那些惹事的傢伙，一邊思考著他們到底是什麼人。突然間，我才恍然大悟，意識到他們是附近的流氓。

「怎麼了？嚇到不敢動了嗎？哈哈哈，我們不是壞人。」

「當然，是在妳們乖乖聽話的前提下。」

在陰暗小巷中搭訕陌生女性，甚至想進一步踏上犯罪的道路，諸如此類的愚蠢傢伙怎麼到處都有啊？哇，這也太老套了吧。如果這裡是小說的世界，那作者是不是太缺乏創意了？

「別怕，小美女們，只要乖乖聽我們的話，我們就不會欺負妳們。」

「嘿嘿，沒錯，我們只是想找人陪我們玩而已。正好妳們是兩個人，我們也是兩個人，不是很配嗎？」

這種像乞丐一樣的傢伙憑什麼向我們搭話啊？

「娜、娜西，我們該怎麼辦？」

我感覺到身邊的珍妮特緊緊抓住我的手臂。她似乎被這突如其來的變故嚇到了，手正微微地顫抖著。啊，珍妮特在小黑事件時曾勇敢地擋在我身前，我還以為她應該不會被這種事嚇到的，看來是我錯了。

「那位姐姐特別漂亮呢？」

「我們應該對她好一點。」

嗯，那些傢伙的眼神確實非常骯髒。對幾乎只在亞勒腓宅邸生活的珍妮特來說，大概不曾遭遇這種公然的嘲弄和調戲。何況我的臉上有偽裝魔法，那些下流的目光幾乎都集中在珍妮特身上。

「你們在說什麼？」

「不要撒嬌了，小美女們只要相信哥哥就好！」

天啊，請不要胡說八道。在這個世界上，還有比「相信哥哥」更不可信的話嗎？你們無疑就是一對噁心下流的罪犯！

這是我在這個世界第一次遇到流氓。我無奈地站在原地，當他們步步進逼時，我立刻深呼一口氣，然後大聲尖叫。

「喂！」

原本默不作聲的我突然開口大喊，兩名罪犯明顯頓了一下。但我的表演才剛要開始呢！

「你這●●●，真的是●●●●，真的●●●●啊！」

基於審查制度，「●」隱藏了我原本的精妙的表述，儘管如此，成串的咒罵依然像等待已久似地，爭先恐後從我嘴裡湧出。

「你●●●●●●●，是不是想要我來●●你？這●●●！」

我就是歐貝利亞最瘋的女人！我像被附身了一般，朝那兩個傢伙猛烈地罵著各種髒話。他們被突如其來的髒話攻擊嚇得滿臉震驚。你們聽到了嗎！這是我在亞勒蘭大學到的髒話，你們這群傢伙！用這些髒話洗澡去吧！呼，好像已經有將近十四年沒這麼舒服地罵過髒話了，感覺一下子就抒發了十年來的壓力。

「啊，娜西……」

哎呀，我一時忘了珍妮特還在場。我急忙看向驚慌失措的珍妮特，假裝什麼都沒發生似地對她微微一笑。

「那女的竟敢！」

「她瘋了嗎？這麼罵我們還以為自己能全身而退！」

那些混混臉紅脖子粗地向我反擊。

呼！被那些汙言穢語攻擊，我受到了極大的精神打擊！我的心好痛喔！我脆弱的玻璃心碎成一片片了……開玩笑的，我只是隨便附和一下。我怎麼可能被這種幼稚園小孩的髒話震懾到呢。哎呀，作為髒話新手，你們還有很長的路要走，請繼續加油。

面對那兩個氣勢洶洶朝我靠近的傢伙，我舉起手，將魔力注入手上的棒棒糖，用盡全力向他們扔了出去！

啪！

「哇啊！」

「靠！糖果怎麼會自己飛起來？」

跟我的臉一樣大的棒棒糖，以驚人的速度砸向了流氓一號的胯下。黃昏的夕陽下，糖果應聲碎裂，噴濺的粉末閃爍著耀眼的光芒。被糖果擊中的流氓一號發出殺豬般的慘叫，直接口吐白沫，跪倒在地。流氓二號茫然地看著同伴用手摀住胯下，眼眶因疼痛泛起一層水霧。

「哇喔，這裡好像還有一支棒棒糖呢？」

聽到我嬌柔造作的聲音，流氓二號的瞳孔劇烈震動。我拿過珍妮特手中的糖果，像剛才一樣將魔力注入其中。

嗯，這種時候應該高呼魔法咒語才對嗎？

類似「以正義之名，我絕不會放過你！看招！糖果☆爆擊」這種？

不過，真的喊出來可能會非常尷尬，所以我只是在心裡想想而已。

啪！

「嗚啊啊啊！」

在落日的映照下，閃亮的糖果碎片在空中飛揚。流氓二號和他的同伴一樣發出慘叫，頹然倒在巷子的入口處。

「我、我……我的●●……」

流氓二號似乎比流氓一號有更強的防禦力，他閉上眼睛前，留下了最後的遺言。

垃圾清理完畢！

我拍掉手上的塵土，轉向從方才開始就一直呆立不動的珍妮特。

「瑪格麗塔小姐，牽住我的手！」

「什、什麼？啊！」

接著，瞬間移動的光芒一閃，我們離開了那條滿是閃閃發亮的糖果粉末的小巷。

❖❖❖

「應該沒有錯過晚餐時間吧？」

呼，今天真是充實的一天！

我和珍妮特一起平安回到了亞勒腓公爵宅邸。雖然在最後遇到了無聊的傢伙，嘖嘖，離開前應該再狠狠踹他們一腳的。

話說回來，珍妮特不會因此受到打擊，從此害怕出門吧……應該不會吧？

「噗嗤……」

就在這時，一陣噗嗤的聲響從旁邊傳了過來。啊？這是什麼聲音？怎麼聽起來像是在憋笑？

「啊哈哈哈哈！」

轉過頭的瞬間，清脆的笑聲驟然響起。映入眼簾的是笑到眼角泛淚的珍妮特。

「啊哈哈……我、我還是第一次經歷這種事呢。」

過了一會，她擦了擦眼淚說道。看來剛才對付小混混的過程對她來說是非常新奇有趣的經歷。呵呵，我的「糖果☆爆擊」真的那麼令人印象深刻嗎……呼，還好今天的突發事件沒有給珍妮特留下不好的回憶。

「不知為何，感覺心情突然放鬆了許多。」

珍妮特終於止住笑聲，露出淡淡的微笑。

啊！難道珍妮特其實喜歡這種刺激的體驗？

「不久之前，我一直覺得自己身處地獄。」

但她接下來的話，讓我一時不知道應該如何回應。

「但自從遇見公主殿下，就好像突然來到了天堂。」

砰砰！純情少女的眼神攻擊！重擊！真正的重擊！阿塔娜西亞選手，妳是不是對這種攻擊沒有抵抗力啊？

「公主殿下，今天真的很謝謝您，我第一次玩得這麼開心。」

唔。我稍微平復了一下自己激動的心情。

「未來還會有更多開心的事情呢。」

今天的祕密外出能夠擁有如此溫馨的結尾，我也非常開心。

「不要忘記我們約好要一起看煙火喔。」

說罷，珍妮特也對我露出了燦爛的笑容。我們約定在建國紀念日的最後一天再次見面，然後便相互道別。

Chapter XIIS.1 各自無眠的夜晚

「陛下，據說前段時間在大陸各地發生的不明原因意外事件目前似乎已經停息了。」

菲力斯在昏暗的房間裡向克洛德報告了這幾天呈報上來的消息。

「因為這些突如其來的自然災害，各地都呈上了奏摺，讓臣非常擔憂，幸好只是一時的異象。」

克洛德一聽，也跟著放鬆了緊繃的精神。這些突然連續發生在大陸各處的災難讓他十分煩憂，不過在不久前，不約而同且原因不明的落石、洪水或氣候異常等怪異現象已經徹底平息，他這才得以放下心來。

「你認為這些同時發生的災難真的是自然現象嗎？」

懶散地坐在椅子上撐著下巴的克洛德漫不經心地提出疑問。聽到他的話，菲力斯驚訝地張大了嘴巴。

「如果不是自然現象，您認為這些可能是人為造成的嗎？」

「不知道。」

「啊？可是陛下您剛才……」

「我只是猜測，而且你不是說這些現象已經消失了嗎？」

「是這樣沒錯，但是……」

「既然已經沒事了，那就退下吧。」

菲力斯看到坐在椅子上的克洛德再次闔眼，只好閉上嘴巴。現在已是深夜，但皇帝陛下今晚看起來也難以入眠。也是，世上哪有父母失去女兒後還能安心入睡呢……

「陛下，大家都在齊心協力尋找阿塔娜西亞公主，我們很快就會有公主殿下的消息了。」

「……」

「所以，請您至少回寢室休息一下吧。」

克洛德依舊一動不動地坐著。

菲力斯對這些話能打動克洛德並不抱任何期待，他只是覺得皇帝陛下的樣子實在太可憐了。就這樣沉默了一段時間，克洛德閉著眼睛輕聲說了一句。

「出去吧。」

語畢，菲力斯才終於離開了房間。

走了一段路之後，菲力斯回頭看了看克洛德所在的綠寶石宮。

最近，克洛德幾乎把屬於阿塔娜西亞公主的綠寶石宮當成自己的寢殿了。

菲力斯的表情瞬間黯淡下來。

「公主殿下，您究竟在哪裡啊……」

可惜無人能回答菲力斯的問題，他只能帶著煩悶的心情，獨自轉身離開。

❖ ❖ ❖

「哇，這下傷腦筋了。」

在世界的盡頭，整片大地都被強大的魔力覆蓋，一處飄浮其上的神祕幻影正散發出粼粼虹光。此處寧靜無聲，一棵被傳誦為「眾神之樹」的世界樹傲然矗立。它的根系盤根錯節、緊密繁雜，將其下的土地盡數包裹。

此時，在這一般人根本無法接近的地方，竟出現了入侵者。

「是哪個傢伙吃光了我的東西？」

這名入侵者帶著不悅的語氣緩緩開口。他身上隱隱覆蓋著淡藍色的魔法光輝，一對血紅雙眸正散發出讓人不寒而慄的詭譎光芒。

喀噠——啪！

外貌只有十幾歲的少年一臉憤怒地用腳踢了踢世界樹掉落的果實。只見果實應聲碎裂，魔力的碎片頓時四散一地。但這些掉落的果實已然毫無用處，其釋放的魔力根本微不足道。

世界樹驚訝且憤怒地看著這名入侵者的所作所為。

「不是吧，一顆都沒留給我嗎？你現在是打算讓我吃剩下的廚餘？你認真的？」

眼前的入侵者，正是為了獲取世界樹果實遠道而來的路卡斯。

世界樹曾經在這裡見過他。但它忘了是一百年前還是兩百年前，對於近乎永生的它來說，人類擁有的時間稍縱即逝，所以它難免有些混淆。不過，能踏進這裡的人少之又少，讓它勉強能記得他的長相。但於世界樹而言，路卡斯讓人印象深刻的原因是……

「喂，不管怎麼說，我們也有幾百年的交情了吧，難道不該偷偷幫我留個果實嗎？」

嗚嗚嗚！

聽到這麼厚臉皮的話，世界樹異常憤怒。

——最好是有交情啦！上次你不也是來偷果實嗎？那時候根本不是結果期，你自己笨還因此大發雷霆！威脅要拔掉我的根！甚至還摘走我幾千年來精心培育的葉子！呃啊啊！從那時到現在已經過了一百多年，為什麼你這個像蟑螂一樣的人類還沒死啊！

「沒想到居然有人知道這裡的位置……究竟是誰來過了？喂，你從什麼時候開始變得這麼好欺負了？怎麼隨便給別人果實？」

嗚嗚！

世界樹氣憤至極，魔力順著枝幹向周圍擴散，發出嗚嗚的嗡鳴。

「上次我來的時候，不是告訴你要好好保護我的果實嗎？」

——那怎麼會是你的果實，那是我的果實！你把果實交給我保管了嗎？愚蠢的人類！

「你又想變成禿頭嗎？嗯？」

陰沉的低語自路卡斯口中傳來。看到那雙閃爍著危險光芒的眼睛，世界樹緊張地垂下葉片，它知道這個野蠻的人類是真的會再次摘走它誘人的葉子。

世界樹不是普通的樹木，而是一種魔法生物，且有著一定程度的靈性和自主意識，它向來為自己的美麗葉片感到特別自豪。

「再說了，那傢伙有沒有良心啊？都已經吃這麼多了，就應該老實走人，為什麼要把剩下的果實弄成這樣？是不是找死啊？」

——嗚嗚嗚，這不是我的錯，就……那個無知的人類離開之前把所有果實都扔在地上，我能拿他怎麼辦……唉……

世界樹回想起不久前來這裡吃了一顆果實後，把剩下的果實全都丟在地上的人類。這些果實就像它的孩子一樣，那個人竟敢肆無忌憚地糟蹋，當下它就氣得把那個人轟了出去……不過說實在，對世界樹而言，不管是那個人還是眼前的男子都跟蟑螂一樣惹人厭。

「唉，我都大老遠跑來這裡了，總不能空手而歸。」

——求求你，快離開吧！

「該怎麼辦呢？」

世界樹正思考著要不要對這個不請自來的人類施展咒語，將他趕到結界之外，但它又無法確定自己是否能強行趕走這個比起上一個人還要可怕的傢伙。即使成功把他趕出去，也不知道依他那臭脾氣會進行怎樣的報復……所以求求他直接離開吧，反正已經沒有果實了。

「沒辦法了呢。」

那個人似乎放棄了，他皺了皺眉，站起身來。

不過，他可是出了名的瘋子路卡斯啊！

「好吧，只能退而求其次了。」

聽到路卡斯的低語，世界樹頓時感到一陣疑惑。什麼？退而求其次？它還有什麼剩下的？都已經沒有果實了啊！他該不會真的想吃那些之前被他冷酷地評價為「廚餘」的果實殘渣吧。緊接著，世界樹很快就意識到，路卡斯那對像血一樣鮮紅的瞳孔正目不轉睛地盯著它看。

世界樹心想，如果自己也有瞳孔的話，現在肯定正劇烈晃動。與此同時，它悄悄挪動了一下枝條。

——難道……是我？

路卡斯點了點頭。

——真的是我……？

路卡斯再次點頭！

——你現在想吃了我？

路卡斯露出微笑！

當世界樹用枝幹指向自己的身體時，路卡斯哈哈大笑並搖了搖頭。

那一刻，世界樹突然生氣了。

這個愚蠢的人類！什麼叫退而求其次？它的身體它自己作主！

呃啊啊啊！

世界樹怒吼了起來。

它是這座大陸上最強大的魔法生物！它要殺了這個和蟑螂沒兩樣的人類！

——呃啊啊！我要把你變成一堆塵埃，你這個愚蠢的人類！

世界樹開始暴怒，一股強大的魔力如同巨浪般四散開來。隨著一聲巨響，爆炸的魔力形成一陣旋風，瘋狂地席捲四周。

匡啷啷！匡啷！呼啊啊啊啊！

致命的魔力爆炸持續了好一段時間。雖然世界樹在結果時消耗了大量魔力，但它仍有足夠的力量可以輕易擊碎一個人類。

呼嗚嗚嗚嗚——

「哎呀，灰塵。」

可惜路卡斯可不能算是普通人類。

「喂，幹嘛突然發火啦？一把年紀還這麼愛計較，嘖。」

當魔力風暴終於平息，周圍的霧氣也完全消散，路卡斯依舊安然無恙地站在原地。

他只是揮了揮手，似乎因周圍揚起的塵土而感到困擾。

世界樹見此非常震驚。

這個如怪物一般的人類！竟然在遭受這麼強烈的攻擊後還活著！

「所以說，如果你當初幫我預留一顆果實，我可能就不會想吃你了。」

路卡斯不只想吃世界樹的果實，他還想吃掉整棵世界樹。這種天馬行空的想法到底是怎麼來的！因為沒有果實就吸收整棵世界樹，這根本不叫退而求其次，完全是貪心不足蛇吞象啊。一個不小心，他就會因承受不住龐大的魔力而力竭身亡。不對，任何人只要這麼做就一定會死，正常人絕對不會嘗試這種事……

「嗯，別看我這樣，我好歹也是個和平主義者，我不會殺了你的。」

——胡說八道！

世界樹發出「嗚嗚嗚」的哀鳴反駁，但路卡斯似乎陶醉在自己的善解人意之中，繼續自顧自地說些不著邊際的話。

「我們認識了這麼久，五百年後你應該能再結出果實。人們都說未來的事無法預料，也許到時候你還能給我一點幫助……」

呃啊啊，難、難道他真的認為他可以活到那時候嗎！真是個煩人的傢伙！

世界樹頓時陷入崩潰，只見路卡斯向前伸出了手，並露出燦爛的微笑。

「所以，我就只吃一點點吧。」

一陣巨大的魔力爆炸聲和哀號從世界樹的結界內部傳了出來，這聲響之大，幾乎要刺破人的耳膜。

從結界內部飛濺而出的魔力碎片終於在世界樹和路卡斯血戰的四十一天後完全平息。

達成目的的路卡斯消失後，世界樹在被剪走枝椏的傷口上塗上樹液，嗚嗚咽咽地持續抽泣了整整三百年……

❖ ❖ ❖

「是誰在背後議論我？」

路卡斯抓了抓感到搔癢的耳朵，環顧著四周。

他此刻所在的地方是一座杳無人煙的黑色高塔。矗立在朦朧的月色下，這座塔幾乎可以近距離看見窗外的雲朵。路卡斯回想起從世界樹的領地出來時，很多人都在議論什麼自然災害。這麼一想，那些「自然災害」可能是他和世界樹戰鬥時飛散出的魔力碎片引起的。

路卡斯一邊沉浸在思緒中，一邊撓著腦袋。在他吸收了世界樹的枝椏後，他的魔力不僅完全恢復，還變得更強大了，他的外貌現在已經完全變成一名成年男性。在淡淡月光的照耀下，他看起來就像由黑暗一點一滴精心雕琢出的美男子。路卡斯的頭髮比以前更長了，看起來有些亂糟糟的，他也想過是否該直接剪短，但他覺得太麻煩了，決定就先這樣留著。

他今天之所以來到黑塔，並沒有什麼特別的原因。吃到了比原本預計享用的世界樹果實更好的東西，他心情十分愉悅，再加上魔力也恢復了，就想久違地來黑塔看看。原因就這麼簡單。而且他還要順便調查一下那位已經死去的亞埃泰勒尼塔斯。

一進到塔內，路卡斯就感覺有些不對勁。

「哎呀，原來是有老鼠跑進來了啊？」

也許是甦醒後並沒有採取任何防禦措施就離開黑塔，眼前入侵者留下的痕跡異常刺眼。他紅色的瞳孔中流露出陰冷的光芒，嘴角也勾起一抹冷笑。

「這隻老鼠似乎急著送死呢……」

路卡斯久違地感到非常不悅，他如吟唱般低頭喃喃自語。

「該怎麼殺掉牠呢？」

皎潔的月光再次灑落在黑塔魔法師身上。不知不覺中，世界又將迎來一次巨變。

❖ ❖ ❖

「父親，那我先告退了。」

伊傑契爾闔上門離開書房。他剛結束了長時間的外出，回到家後，便前來向父親亞勒腓公爵問好。

來到走廊上的伊傑契爾短暫地停留在原地，深深地嘆了一口氣。他的神色看上去十分疲憊。剛剛見過面的父親似乎也非常疲累，但一想到最近發生的事，這也不足為奇了。

「伊傑契爾。」

不遠處傳來一道呼喚他的聲音。一轉頭，他發現珍妮特正靜靜地站在昏暗的走廊盡頭看著他。

「珍妮特。」

「你回來啦？」

珍妮特已經很久沒有像現在這樣主動走出房間了。自從羅札莉雅伯爵夫人去世之後，每次經過她的房間，都能聽到裡面傳來的啜泣聲。當然，伊傑契爾從那之後就經常不在家，他無法時刻留意珍妮特的情況。

「是的。離開太久我有點不放心，就決定先回來看看，預計明天再走。」

「明天又要出門嗎……？」

聽到伊傑契爾的回答，珍妮特稍微停頓了一下。伊傑契爾覺得珍妮特的聲音聽上去有些奇怪，他轉過身看向走廊盡頭的人影，不過因為距離太遠，又或是她臉上被陰影遮蓋，他無法清楚地看到她的表情。但也可能是他現在非常疲憊，無法集中注意。

「珍妮特？」

「沒、沒什麼。明天又要開始忙了，你快回房休息吧。」

珍妮特沉默了好一陣子，接著用溫柔的聲音說道。

「好，妳也早點休息。」

「祝你一夜好夢。」

伊傑契爾沒有再多說什麼，轉身走回自己的房間，將珍妮特留在原地。

被留下的珍妮特在一片寂靜中聽著漸行漸遠的腳步聲。伊傑契爾並沒有停下，沒過多久，空蕩的走廊上就只剩下珍妮特一個人了。她那玫瑰花般誘人的嘴唇輕輕噘起，透露出了她內心的不悅。

換作平常，他應該會更加仔細地觀察她的表情，並溫柔地安慰她。但她十分清楚，為什麼伊傑契爾對她的情緒如此麻木。他幾乎每天都在外面尋找失蹤的阿塔娜西亞公主。阿塔娜西亞公主早已占據了他的心房，讓他根本無暇顧及其他人。

珍妮特抱著微妙的心情，輕手輕腳地走回自己的臥室。當她回到房間時，月光透過窗戶灑落在她的身上，迎接她的歸來。

如果伊傑契爾知道他如此渴望找到的那個人，幾個小時前還待在這個房間裡的話，會露出什麼樣的表情呢？

珍妮特因為對伊傑契爾隱瞞了如此重要的事實而感到內疚，但這畢竟是阿塔娜西亞公主的請託。公主殿下請求她不要將她來過的事情告訴其他人……

珍妮特一邊在心底為自己的行為辯解，一邊走向床邊。白色的被子上放著一條由好幾股線繩編織而成的手鍊。珍妮特拿起手鍊，珍惜地捧在懷中。儘管這條手鍊看起來並不豪華也不精緻，但她非常喜歡。因為送她這條手鍊的人，正是阿塔娜西亞公主殿下。

每當她想起今天在外面度過的時光，一股幸福感就會迅速將她籠罩。最近，她一直會有這種感覺，和阿塔娜西亞公主在一起的時光，總是像魔法一般甜蜜又快樂。

——我真的好喜歡公主殿下。她是如此親切溫柔，總是在我最痛苦、最悲傷的時候，像魔法一般出現並帶給我安慰；當我極度渴望溫暖時，她也會毫不猶豫地牽起我的手。

珍妮特握著白天收到的手鍊，慵懶地躺在床上。雖然對伊傑契爾感到抱歉，但她絕對不會告訴他阿塔娜西亞公主的行蹤。她要替公主殿下保守祕密……那樣的話，公主殿下就會成為只屬於自己的公主殿下了嗎？公主殿下也說了，她現在離開皇宮，既沒有可以依靠的人，也沒有地方留宿，也許……

啊，是心理作用嗎？比起在皇宮見面時，她似乎和公主殿下更親近了。

一想到這，珍妮特內心深處就莫名湧現一股激動的情緒，笑意也漸漸從嘴邊溢出。

窗外的月光灑落在她身上，讓她的寶石眼看起來更加閃閃發亮。

昨天和今天都是個美好的夜晚呢。

每個人都難以入睡的夜晚，就這樣安靜地過去了。

Chapter XIIS.2 不要碰那位公主殿下

「陛下，請您放心。我一定會找出那位無禮的公主，不對，那個無禮的丫頭，讓她跪在您的面前。」

卡爾扎巴男爵在晚宴中向皇帝克洛德慷慨激昂地說道。

克洛德最近的情緒一直很低落，今天在晚宴中也沒有開口說話，宴會的氣氛自然變得沉悶而安靜。卡爾扎巴男爵的話讓克洛德第一次將目光投向他。那道冷漠的視線讓人忍不住脊背發涼，但卡爾扎巴男爵認為自己終於引起了皇帝的注意，更加興奮地再次開口。

「她竟敢違抗陛下的旨意，那種罪人必須被押解到您面前接受懲罰！」

「咳咳，卡爾扎巴男爵，請不要在宴會上談論這些事。」

「你叫我不要說了？伊萊恩侯爵才是對這個問題太過冷淡了吧？聽說侯爵的女兒與阿塔娜西亞有點交情，如果你打算因此包庇罪犯，豈不是對陛下的不敬？」

「什麼？」

伊萊恩侯爵頓時感到一陣憤慨，但他看了一眼周圍沉默不語的其他貴族和皇帝克洛德的臉色之後，默默閉上了嘴。如果卡爾扎巴男爵也能自覺地閉嘴就好了，不幸的是，他似乎沒有意識到周遭詭異的氣氛。

「陛下已經親自宣布她不再是公主，而是罪人，但你們卻沒有想要盡快抓住她，真是的！陛下，您請放心。只要有我迪溫．卡爾扎巴在，您就無需擔憂！我一定會找出那丫頭的！」

這時，克洛德用低沉的呼喚了他。

「卡爾扎巴男爵。」

「是的，陛下！」

「你想死嗎？」

嗯……嗯？

面對克洛德出乎預料的反應，卡爾扎巴男爵感到十分困惑。

不知為何，克洛德看起來非常不悅。雖然在晚宴開始之前，他就已經情緒低落，現在似乎陷入了更加沉重的低氣壓之中。

「要我幫你嗎？」

冷酷無情的聲音再次劃破空氣。卡爾扎巴男爵驚慌地轉過頭，其他貴族依然迴避著他的目光，繼續低頭看著面前的盤子。在場唯一搞不清楚狀況的只有卡爾扎巴男爵。最後，克洛德冷冷地勾起嘴角，露出一絲微笑。

「好啊，我來幫你。」

轟隆隆！

「咳咳……！」

剎那間，卡爾扎巴男爵所在的位置突然向下崩塌。原本堅固立在巨大桌子前的椅子發出巨響，碎片向四周飛散。而碎片的中央，卡爾扎巴男爵正狼狽地倒在地上。

轟隆隆隆——！

「咳！」

強大的力量自上而下，就像巨人肆意投擲的巨石，幾乎要將卡爾扎巴男爵整個人輾碎。被重力壓迫的卡爾扎巴男爵臉上青筋滿布，眼球彷彿隨時要掉出眼眶，全身的骨頭似乎都要被徹底粉碎。生死關頭，他本能地張開嘴，勉強擠出了近似呻吟的求饒。

「咳、咳咳！我、我錯了……咳咳，陛下……！」

「你做錯了什麼？」

低沉的聲音在耳邊響起，給人一種如履薄冰的不祥預感。

「那個……咳！那個……我不該在神聖的晚宴上，咳咳！說那些不得體的話……」

「錯了。如果你還不明白，那就讓我告訴你。」

克洛德接下來的一番話卻讓卡爾扎巴男爵頓時啞口無言。

「我不喜歡你衣服上俗氣的孔雀羽毛裝飾。」

「咳咳，什、什麼？」

「還有你粗獷的鷹勾鼻今天也格外礙眼。」

「您、您在說什麼！」

「這麼一看，那雙黃褐色的眼珠就像汙穢一般，讓人十分不悅。」

「咳咳咳……！」

轟隆隆！轟隆！啪啦！

在看不見的無形壓力下，卡爾扎巴男爵的骨頭終於承受不住地碎裂。先是左腿，接著是右手腕，然後是肋骨。

——為什麼我會遇到這種事？

卡爾扎巴男爵在源源不絕的巨大壓力下，不斷哀號掙扎，但他始終連一根腳趾都無法動彈。

「仔細想想，和你在同一空間呼吸，這件事本身就讓人不爽。」

也許是感應到了生命危險，一向不懂察言觀色的卡爾扎巴男爵，腦海中首次閃過接近正確答案的領悟。

「陛下，咳咳！屬、屬下只是……作為您的忠臣……咳咳！」

難道是他剛才將阿塔娜西亞公主稱為罪犯，並表明了想捉拿她的決心才導致這個後果嗎？

「咳咳……！屬下只不過是想……和陛下同心協力……咳咳咳！臣就只是想……！」

卡爾扎巴男爵感到非常委屈。

——不是您自己說了她不是您的女兒嗎？還叫大家趕快抓住她並帶到你面前！

「你說你想與朕同心協力？」

冰冷的嗓音在宴會廳內迴盪，森冷的氛圍充斥四周。原本努力假裝什麼都沒聽見、什麼都沒看見的貴族們也不由自主地冒出冷汗。

這個愚蠢的傢伙竟敢觸碰皇帝的底線？

「所以，你打算和朕同心協力？」

什、什麼？在那道陰沉嗓音刺痛卡爾扎巴男爵耳膜的同時，他才倏然發現事情似乎有些不太對勁。

「你現在也打算按照朕所說，與朕同心協力？」

他的預感很快就被證實。貴族們各自在心中為卡爾扎巴男爵哀悼。

「你竟敢在朕的面前說出這種話？」

壓著卡爾扎巴男爵的力量驟然消失，但不知為何，他還無法站起身。從他頭頂上飄過的冰冷聲音就像斷頭臺的刀刃，讓他感到毛骨悚然。

這時，克洛德冷漠的嘲諷再次傳入男爵耳中。

「你怎麼不說想坐在朕的位子上呢？」

克洛德所說的話，是卡爾扎巴男爵從未想過的大逆不道之事。

謀反！那是謀反啊！如果按照克洛德的說法，他不就成了一個自不量力、覬覦皇帝寶座的罪人！

「陛、陛下！豈有此理！您誤會了，陛下……！」

「閉嘴。」

「咳咳！呃啊……！」

宴會廳又傳來一陣經久不絕的哀號。

「嘖嘖，誰叫他平時就沒什麼察言觀色的能力。」

「陛下只是讓他把阿塔娜西亞公主殿下找回來，沒有說要抓她回來。他竟然連這點都不懂。」

「如果阿塔娜西亞公主殿下真的失去了陛下的寵愛，早在生日宴會那天她就無法走出宴會廳了。嘖嘖，人怎麼能這麼愚蠢。」

在皇帝克洛德離開後，貴族們紛紛瞄了一眼躺在地上奄奄一息的卡爾扎巴男爵，便各自離開了宴會廳。反正在外面等候的卡爾扎巴的護衛騎士會照顧他，他們沒理由也沒義務去關心一個半死不活的男爵。在他們看來，克洛德沒有殺死卡爾扎巴男爵已經是個奇蹟了。換作以前，克洛德對那些冒犯他的人從不手軟，真的會把人送進棺材……

自從阿塔娜西亞公主出現之後，皇帝克洛德才變得像正在午睡的猛獸一樣溫和。俗話說，父女吵架就像抽刀斷水，這樣的矛盾不足以斬斷他們之間的聯繫。即使不會察言觀色，只要保持沉默，至少也能置身事外。嘖嘖。自從阿塔娜西亞公主失蹤後，貴族們就覺得克洛德變得非常危險，每次覲見都如履薄冰、戰戰兢兢。他們每天都迫切地祈禱著公主殿下能早日平安歸來。

Chapter XIII 歸來

「青鳥特別愛吃這些圖圖果。訓練牠傳遞書信時，也會用這些果實……」

「啊，是嗎？」

「今天買兩包圖圖果的話，就再多送妳一包！」

我正在重新開幕的鳥園裡向那位攤主大叔學習有關青鳥的知識。我就知道建國紀念日鳥園會營業，我的猜測果然沒錯。

「有時候青鳥會因搔癢而抓傷翅膀，那種情況就要用圖圖油……說到圖圖油……只有今天有特別折扣……」

嗯、嗯哼，為什麼這個大叔像是在招攬顧客而不是分享知識呢……從剛才開始，他都沒有正經回答過我關於信鴿訓練問題，只是一直在推銷這個、推銷那個吧？

「我今天沒帶錢。」

「啊，是嗎？妳早說嘛。」

聽到我沒帶錢，那位攤主立刻翻臉不認人。這、這位大叔！你也太無視潛在顧客了吧？

「歡迎光臨！您看起來對鸚鵡很有興趣啊。」

在攤主將注意力轉移到其他顧客身上之後，我略顯不悅地離開鳥園。自從能成功使用「一秒鐘整形魔法」，我不再像之前那樣需要到處躲藏，可以在歐貝利亞市中心自由地走動。我改變了外表，搭配上那灑脫自由的魅力，再也沒有人能認出我是公主了。嗚、嗚嗚，為什麼聽起來有點心酸呢……

「哇啊啊！聽說皇宮的門打開了！」

「已經開了嗎？我們快點去吧！」

「我也要去！」

街上突然間變得熱鬧非凡。啊，看來是建國紀念日遊行要開始了。克洛德終於要踏出皇宮了呢。因為能近距離見到皇室成員的機會不多，大家好像都特別興奮。見到人群變得比之前更加喧鬧，我便悄悄離開了。

過了一會兒，我爬到屋頂上欣賞從皇宮走出來的盛大隊伍。

哇，這個規模真的沒在開玩笑呢！隊伍周圍有穿著帥氣制服的皇家騎士團成員整齊地列隊兩側，防止過於興奮的觀眾太靠近。不知道菲力斯是不是也在那裡呢？話說飄在周圍的花瓣是什麼啊？怎麼看都像是魔法呢。

不久後，我在華麗的隊伍中央發現了一個散發著獨特存在感的人。雖然距離太遠看不太清楚，但那頭耀眼的金髮肯定是克洛德。

不愧是皇帝出行。聽說這場遊行要持續兩個小時？想到那個人的性格居然能忍受這種煩人的事，我不由得咂了咂嘴。皇帝確實不好當，庸庸碌碌果然才是人生的真理。

「我也差不多該離開了吧？」

久違地看到克洛德，我的心不由自主地感到一陣微微的刺痛。只是現在不趕緊行動，以後就很難再遇到這種機會了。我一邊感受屋頂上吹來的風，一邊注視著遠方的隊伍，接著輕輕地彈了一下手指。

啪！

閉上眼睛再次睜開，這次迎接我的是熟悉的場景。

啊，是好久不見的綠寶石宮呢。

「公、公主殿下！」

「莉莉！」

嗚哇哇哇哇！還有好久不見的莉莉！

原本坐在沙發上的莉莉看到我突然出現，頓時瞪大了雙眼。哎呀，莉莉這段時間一定很擔心吧？我好想妳喔，莉莉！

我哽咽地衝向她，但我想像中的感人重逢情節並沒有上演。

「妳終於來了。」

「呃！」

背後響起的陰沉聲音，讓原本向莉莉奔去的我瞬間僵在原地。

「公主殿下……」

這時我才注意到，莉莉坐在沙發上的動作並不自然，像是受到壓迫一樣將雙手放在膝上緊握著。而我則像壞掉的機器人般，僵硬地轉過頭。

「妳果然打算在建國紀念日過來。」

我一轉頭，就看到克洛德正在角落的椅子上托著下巴，冷冷地注視著我。當視線觸及那雙冰冷的眼睛時，一股懾人的寒意瞬間將我籠罩。

奇怪……眼前的這個人真的是克洛德嗎？我明明看到他在建國紀念日的遊行隊伍中啊？

面對這令人難以置信的情況，我的表情一片空白，不知道克洛德是否察覺到我的異常，只聽沉默片刻的他再次開口。

「我早就料到妳會趁我不在時來這裡一趟了。」

聽到克洛德冰冷的陳述，我不由自主地結巴起來。

「我、我明明確認過你在外面才來的……」

「看來妳看到我的替身了。」

——轟隆！

替、替身？那個人是替身？我像傻子一樣張大嘴巴。對啊，這麼一想，克洛德本來就不喜歡那種場合，這種大型活動他完全可以使用替身啊！那、那我現在該怎麼辦？

我努力轉動僵硬的思緒，將手舉了起來。

三十六計，走為上策，先逃跑再說吧。

啪！

我閉上眼睛再次睜開，本應看見搖曳的蘆葦叢……為什麼我還在綠寶石宮？

「這是控制魔力的咒術。」

看到計畫沒有得逞而略顯慌張的我，克洛德語帶嘲諷地說道。

可惡！他那副「讓我親自教教這個愚蠢孩子」的表情讓我有點火大。

「不僅是綠寶石宮，我在皇宮各處都設置了咒術。上次是我沒想到妳會瞬間移動，才會輕易地放過妳，但這次就沒那麼容易了。」

哇，這是什麼意思，他說咒術不只設在這裡？換句話說，他知道我會來看莉莉，所以在皇宮各處設置了陷阱，是這個意思嗎？這、這個卑鄙的小人！

啪！

只見克洛德的手往空中一揮，地面瞬間冒出像薄霧一樣的光芒，金色的魔法陣倏然浮現其中。看到他那如同甕中捉鱉般的鎮定模樣，我頓時感到一陣憤慨，於是再次舉起手指彈了一下。

「公主殿下，請等一下……！」

啪！

原本待在門外的菲力斯終於發現房間裡的動靜，他急忙打開門衝了進來，試圖阻止我施展魔法。但魔力的光芒已經自我的周身湧現……然而，這次依舊什麼事也沒有發生。

「陛下！」

滴答。

不對，並不是沒有發生任何事。

聽到菲力斯的呼喊，我將視線轉了過去，只見一道血痕沿著克洛德的下巴滴落。我大吃一驚，但克洛德只是隨意地用手背擦了擦，瞥了一眼手上的血跡，輕輕撇了撇嘴角。

「雖然早就知道這個咒術一無是處，但它的無用程度真是讓人無語呢。」

「陛下，您沒事吧?!」

看到克洛德的樣子，菲力斯、莉莉和我都受到了不同程度的驚嚇，只有克洛德依然鎮定。當他冷靜的視線再次轉向我時，我不禁顫抖了一下。

「在這個魔法陣上，任何人都無法使用魔法。若是強行使用，魔力會直接反噬在施術者身上。雖然不知道最初的用途，但它的效率十分低下，基本上已經失傳了。就如妳剛才所見，如果妳在這上面施展魔法，那麼傷害就會直接反應在我身上。」

一旁的菲力斯以焦急的口吻喊道。

「陛下！這種事情您該早點告訴公主殿下啊！」

克洛德並沒有將頭轉向他。自從我出現之後，他的視線就一直集中在我身上。

我靜靜地站在原地，與克洛德對視。

「如果我像現在這樣吐血倒下，妳也無所謂的話，妳可以繼續使用魔法逃跑。」

聽到他的話，我忍不住倒吸了一口氣。他是什麼意思……？如果我真的不管他的死活，繼續使用魔法怎麼辦？他現在是在威脅我嗎？他覺得我會因為害怕他受傷乖乖留在原地？

然而，從看到克洛德嘴角溢出鮮血的那一刻起，我就像被石化般僵硬得連一根手指無法動彈。之前他因魔力暴走而吐血的景象再次浮現在我的眼前。

我緊咬嘴唇，意識到自己比想像中還要恐慌。我一直認為自己能隨時逃離他的身邊，才如此大膽地行動，沒想到我根本無法眼睜睜看著克洛德受傷。這樣看來，他成功抓住了最具有威脅性的「人質」來束縛住我。

只是我心中突然多了個疑問。如果他真的想抓住我並殺了我，為什麼要大費周章演這場戲？再說了，這個咒術明明對施術者不利，為什麼還要使用？難道克洛德確信我不會在這裡使用魔法？從他的表現來看，似乎並非如此。那就代表，克洛德是真的在拿自己的性命做為賭注。

我在亞勒蘭大翻閱過不少魔法書籍，知道有許多攻擊和強制束縛的魔法。我偷偷移動視線，看到莉莉也帶著複雜的表情凝視著克洛德。

「如果妳再次消失的話……」

這時，比剛才更低沉的聲音在我耳邊響起。

「我將每天處決一千名帝國子民，將他們的屍體懸掛在廣場上。」

聽到這無情的宣判，我不禁瞪大眼睛看向克洛德。與他的視線交會的剎那，我立刻意識到他居然是認真的。

等、等一下！他是要殺死所有人民嗎？

我看向莉莉，眼裡露出驚懼之色，此時克洛德又更斬釘截鐵地接著說道。

「我沒有開玩笑。如果妳想讓歐貝利亞變成一座巨大的墳場，妳現在就可以試試……」

「陛下，這根本不是您的本意啊！」

只見旁邊的菲力斯終於忍不住了，突然大聲喊道。

「您為何又要恐嚇公主殿下？您的所作所為真是讓人無法理解！」

天啊！原本膽小的菲力斯居然變得這麼勇敢了呢！他就像忍耐許久般聲嘶力竭，克洛德則用冰冷的眼神瞪視著他。

「如果陛下您用這麼凶狠的表情恐嚇人的話，換作是臣，也會想逃跑的！」

這段話越聽越奇怪……如果克洛德真想殺了我，菲力斯應該不會說出這樣的話。而且莉莉從剛才開始就一直靜靜地看著我們，什麼都沒有表示。

「陛下，您還有其他想對公主殿下說的話吧？」

菲力斯迫切地喊話，不知道是在對克洛德還是在對我說。感覺他像是在勸克洛德清醒一點，好好處理事情，同時也像在跟我解釋克洛德剛才那番話不是真心的，請求我不要逃走。

克洛德皺著眉頭看向我，終於再次開了口。

「所有人都出去。」

咦！

我被他的逐客令嚇了一跳。出去就出去嘛，我可以跟菲力斯和莉莉一起出去嗎？哎呀，但我應該不在被驅逐的名單當中吧……

然而，菲力斯和莉莉並沒有移動。

「公主殿下，如果您希望我留在這裡，我就不走。」

「我也會留在這裡。」

我、我們菲力斯和莉莉都變得很堅強了呢！他們用堅定的眼神看著我，等待我開口。

我被他們的樣子感動到了，但克洛德卻皺起眉頭，提高了音量。

「你們是要我發誓絕不會殺了她才肯相信嗎？」

我用微妙的眼神看了克洛德一眼，對身旁的莉莉和菲力斯開口說道。

「沒事的。如果我快死了，我會開口求救的。」

呃、嗯，總感覺這句話怪怪的。總之，他們在反覆確認我真的沒事之後，才勉為其難地離開了房間。

喀啦。

房間裡終於只剩我和克洛德。

嘎吱。

似乎對剛才的情況感到不滿的克洛德終於從椅子上站起身，而我則向後退了一步。

「那個，希望您不要太靠近我。」

他的動作頓時一滯。

那一刻，氣氛似乎悄悄地改變了。我被他眼中流露出的、難以形容的情緒吸引，不由自主地注視著他。

有、有點奇怪。我面前的人依舊維持著一副漠不關心又冷漠的表情，但為何我感覺自己在看一隻被遺棄的小狗呢？

在我拒絕之後，克洛德站在原地，沒再靠近。一陣尷尬的沉默在空氣中蔓延。過了一會兒，他緩緩張開緊閉的嘴，用低沉的聲音問道。

「這段時間妳過得如何？」

嗯？他為何突然問我的近況？他的提問完全出乎我的意料，讓我有點不知所措。我不確定他是不是吃錯了什麼藥，我的眼神飄忽不定，結結巴巴地回答。

「就是到處走走……」

「去了哪裡？」

「順著山脈、沿著河流，走到哪算到哪。」

「妳在成年舞會的樣子都被複製到影像石上播放了，卻沒有人知道妳確切的位置？」

啊，原來是我成年舞會的影像啊？

「因為我使用了魔法……」

「妳身上應該沒有錢吧？」

「那個也是用魔……不對，那是商業機密！」

我的媽呀，差點就被發現我偽造貨幣了！我假裝沒看到克洛德瞇起的眼睛，故意轉移話題。

「還想說妳會不會連碗粥都沒得喝，看來沒那麼糟。」

他低沉的聲音再次掠過我的耳畔。

我呆呆地望向他。他和我就這樣默默地對視了好一陣子。克洛德的臉色比在玫瑰花園時更加黯淡，甚至比上次我在寢室見到他時還要蒼白憔悴。這樣看來，真不知道到底是誰沒有好好吃飯。儘管剛才吐了一次血，他依舊站得直挺挺的，果然是克洛德的作風。

我默默看著他的臉，過了一會兒才慢慢開口。

「您不是說……您不是我的爸爸嗎？」

「對，我不是妳的爸爸。」

他淡定地回答了我的問題。

「那您為什麼要這麼做？」

看著他的眼睛，我的內心慢慢升起一股奇妙的情緒，我用近似耳語的音量輕輕問道。

「明明不承認我這個女兒，為什麼還要裝出一副爸爸的樣子呢？」

他方才的提問，彷彿在傾訴自己這段時間一直都很擔心我，而他之所以一直在找我，並不是為了殺我……

他沒有回答，只留下一陣短暫的沉默。

許久之後，他才緩緩吐出一句話。

「我不知道。」

我看著因咬緊牙關而嘴唇僵硬的克洛德，他的眼神流露出與方才截然不同的迷茫。

只聽他自言自語似地繼續說道。

「明明一看到妳，就會產生一股惱人的不悅。」

「……」

「尤其看到妳露出那樣的表情，就更加……」

我不知道自己現在是什麼表情。

「我也不明白，妳到底是什麼樣的存在，竟會讓我產生這種感覺。」

克洛德的手比剛才握得更緊了。

「我不記得妳是誰，我也無法成為妳想記憶中的那個人。」

他的話聽起來竟是如此悲傷……

「或許直到我死的那一天……都會是如此。」

我突然覺得眼前的克洛德也許和我一樣，對我們現在的處境感到既不安又害怕。

「但是……」

克洛德再次緊咬牙關，像是吐露心聲般低聲對我說道。

「但是我無法接受妳的離開。」

他的眼中閃過一絲寒光。

「我不想聽到那種告別。」

彷彿想起前兩次我離開時的情景，周圍的空氣瞬間變得冰冷刺骨，刺入耳中的聲音也冷酷得讓人不寒而慄。不過我已經不再害怕他的威脅了，也不再擔心他會殺了我或其他人。

在房間裡施下對自己不利的咒術，在我叫他不要靠近時真的停在原地一動不動……他的言語和行動完全不一致嘛。

而且從剛才開始就一直說些奇怪的話……

「這到底是什麼情況？」

混亂的情緒在腦海中糾纏，我忍不住喃喃自語。

「真的是……」

到底是怎麼一回事……你知道自己現在在說些什麼嗎？

「到底……為什麼？」

也許是我誤會了，但克洛德說的那些話，彷彿在告訴我——請妳留在我的身邊，不要去任何地方，留在這裡。

「為什麼……您要對我說這種話？」

一股莫名的顫動驟然自內心深處湧了上來，我的聲音也比剛才更加哽咽。

聽到我微微顫抖的聲音，克洛德表情一變，彷彿被人掐住喉嚨快要窒息一般，接著，那低沉又粗糙的聲音再次響起。

「我真的快瘋了。」

他的嘴唇微動，像是對我的提問不知所措，卻又無法回答。

過了一會兒，克洛德才終於勉強發出聲音似地，對我說了幾個簡短的字。

「不要哭。」

但已經太遲了。

「……嗚。」

克洛德的身影氤氳成一片朦朧的霧氣，眼淚不由自主地自眼眶滑落。

「討厭……嗚嗚。爸爸好討厭啊……」

一直以來被壓抑在心底的委屈像潰堤的洪水一樣向外湧出。

「真的很討厭……嗚、嗚嗚……」

這並非我的本意，但埋怨的話語不停地從我的嘴裡迸出。淚水順著臉頰緩緩淌落，克洛德一臉錯愕地愣在原地。看到他的樣子，我的眼淚又止不住地流了下來。

「嗚嗚……竟然說自己全部都忘記了……」

我真的不想這樣……不想真的像個十四歲的孩子那樣哭鬧，隨意發洩自己的怨氣。但不管怎麼擦拭，淚水就是不受控制地湧出，完全停不下來。

「每次見面……都說要殺了我……」

「……」

「說、說真的想殺了我……」

如果克洛德真的想殺了我，或許我還能忍住，但看到他根本無法對我動手，只敢威脅我不要再逃跑時，積壓在心中的情緒就像雪崩一樣迅速崩潰。我舉起手胡亂擦著眼淚，絮絮叨叨地說著連自己也聽不清的話。

「跟、跟傻瓜一樣……」

這是對我的懲罰嗎？

「差點因為我而死掉……真的……是最蠢的傻瓜……」

因為沒有認真聽從路卡斯的勸告，不僅控制不好自己的魔力導致小黑消失，還波及了前來救我的克洛德。

「我真的很擔心爸爸會出事……嗚嗚，我有多、多麼害怕……你知道嗎……」

也許我太過相信小說的情節，草率地認為克洛德絕對不會死或受傷。我以前只關心自己的存亡，卻從未想過這個看似無所畏懼、泰然自若的人也可能因我而發生意外。

「真的……很討厭……」

對，我真的太愚蠢了。其實我真正討厭的不是他，而是我自己。直到這時我才意識到，這段時間以來我一直都在濫用他包容。我之所以能像不懂人情世故的小孩一樣肆意妄為，任性又自私地行事，都是因為有人會無條件接納我。

在克洛德面前，我總是不自覺地變成他的女兒阿塔娜西亞。

我不想讓他看見我哭泣的樣子，努力地擦拭眼淚，但淚腺卻像故障一樣根本無法控制。

這還是我第一次在克洛德面前哭得如此毫無保留。

啊，真的好討厭。我都幾歲了，現在到底在幹嘛。看來我真的在這具身體裡變成小孩子了。

我的淚水和鼻涕混在一起，一邊發出嗚咽的聲音，一邊說著一些幼稚的話。我現在的樣子一定很難看，表情也肯定非常滑稽。即使如此，一直壓抑在心底的話還是不受控制地湧到嘴邊。

真的很討厭……現在的我太丟臉了。我不想這樣，但我無法控制自己的情緒，只能任由自己被這些複雜的情感撞得遍體鱗傷，最後像塵土一樣消逝。就是因為這樣，我才不想讓任何人走進我的內心，我死都不願承認自己內心的軟弱……

「嗚、嗚嗚，是我的錯……」

我放下心中所有的愚蠢和固執，將為了保護自己一直緊緊包裹的外殼完全打碎，一邊哭到上氣不接下氣，一邊向他道歉。

「是我、是我不對……嗚……我不會再這樣了……」

「……」

「所以、所以……」

也許……也許連我自己都不想承認，自己竟是如此迫切渴望得到他的諒解。但無所謂了，就算很醜、很丟臉也無所謂；就算傷心，就算他再也不把我當作女兒也沒關係。

所以……所以……

在我模糊的視線中，一直站得像雕像一樣的克洛德終於有了動作。隨著我們之間的距離逐漸縮短，他原本緩緩地抬起的手猶豫不決地停滯在半空中。他就這樣一語不發，沉默地看著抽泣的我。

「其實我……」

低沉又溫柔的嗓音輕輕響起。

「是我對妳做了不該做的事，對不起。」

聽到耳邊傳來的道歉，我停下了擦拭眼淚的動作。明明哭的人是我，克洛德的臉色卻比我還要痛苦。如果被別人看見了，可能會誤以為是我在欺負他吧。

「所以不要露出那種表情。」

他壓抑的聲音近乎哀求。那隻猶豫不決的手最終還是觸碰到我滿是淚水的臉頰。

「拜託了。」

這句話如同一句咒語，我再也忍不住內心的衝動，直接投入他溫暖的懷抱中。當觸及他的胸膛，我感覺到他的身體反射性地僵硬了起來，而從我眼中落下的淚珠浸濕了克洛德的衣襟。

過了一會兒，溫暖的觸感沉甸甸地從背上傳來，我的眼淚反而更洶湧地噴湧而出。

「爸、爸爸……」

「嗯。」

「爸爸……」

「嗯。」

明明親口說過，失去記憶的他不是我的爸爸。即便如此，他還是默默回應了我帶著泣音的低聲呼喚。

也許是壓抑太久的緣故，我的淚水始終停不下來。而克洛德懷裡熟悉的味道和圍繞在背上的暖意彷彿也在悄悄地告訴我——妳可以繼續待在這裡，妳有這個資格。

依偎在克洛德懷中，我心中瘋長的念想終於有了歸宿。

啊，我回來了，回到有思念之人所在的家。

那隻笨拙的手依舊輕撫著我的後背，我決定在眼淚乾涸之前都不離開這個溫暖的懷抱。

❖❖❖

「莉莉，妳知道那個咒術是什麼嗎？」

那天晚上，我久違地在莉莉的照顧下躺進綠寶石宮的床鋪。可能是剛才和我說話時哭了的緣故，她的眼睛看起來還水汪汪的。我也因為之前哭了太久，現在眼睛仍舊又紅又腫。

「陛下每天都會去看和公主殿下同框的肖像畫。」

莉莉一邊幫我蓋被子，一邊微笑著說道。

「沒有去看畫的時候，陛下就會打開房間裡的影像石。」

我感受著她溫柔的動作，閉上了眼睛。克洛德的臉孔在我腦海中慢慢浮現又慢慢淡去。

「陛下雖然沒說，但他一定也對過去的事感到非常後悔，也非常痛苦。」

正如莉莉所說，克洛德一副隨時會倒下的樣子，卻依然設下了那荒謬的咒術，讓自己再次吐血受傷。這個人到底有多傻啊？

「公主殿下對我來說是世界上最珍貴的人，所以我還是對陛下非常生氣。」

「畢竟當初是因為我才會變成那樣的嘛……」

我感受著莉莉溫柔的撫摸，耳邊傳來她溫暖的聲音，忍不住輕輕皺了皺酸澀的鼻子。

「但我始終相信陛下不會真的傷害公主殿下。」

那隻溫暖的手和聲音不停地安撫著我。恍惚之間，我突然意識到在外面逃亡流浪的日子裡，自己幾乎沒有一天能安心入睡。一想到這，我的眼皮頓時變得沉重。

「好好休息吧，我親愛的公主殿下。」

聽著那道充滿愛意的細微聲音，我終於閉上了眼睛。

那一晚，我久違地睡了一個好覺。

❖❖❖

「那封信到底是什麼？」

幾天後，克洛德親自踏進了綠寶石宮。

「您來啦？」

我在我們經常一起享用下午茶的玫瑰花園迎接他。

「這是茶會的邀請函。」

我用一副「您怎麼會不知道呢」的口吻回答他。聽到我的話，克洛德的眉頭微動，露出了細微的皺摺。

「我邀請爸爸來參加茶會，爸爸也應邀來到我的花園了啊。」

很簡單吧？我無視克洛德無語的神情，向他說明。他的表情就像在說「妳以為我不知道嗎」。但我並不在意，只是邀請他在我對面的位子坐下。

「爸爸快坐下吧。我的脖子好痠。」

克洛德瞇著眼睛看了我一會兒，露出一副無可奈何的認輸模樣，坐在我指定的位子上。

「這裡有一種熟悉的感覺。我以前經常來這裡嗎？」

頭頂的綠葉沙沙作響。我坐在樹蔭下，親自幫正在環顧四周的他倒了一杯茶。

「您之前一週會來這裡三、四次，算是經常來吧。」

嘩啦啦。

散發著淡淡香氣的清澈液體由上而下，緩緩倒進面前的茶杯中。上次我獨自一人坐在這裡時，倒茶的動作有點粗魯，但今天我要證明我也可以優雅地倒茶！

「這是利沛茶，是我親自泡的喔。」

喀啦。

我將茶杯放到他面前。因為我事先要求，負責服侍的宮人早已退到遠處。此刻只有克洛德和我待在花園裡，空氣中飄散著迷人的花香和茶香。

克洛德靜靜凝視著我遞給他的茶杯，過了一會兒，他終於抬起手。我默默觀察克洛德將茶杯舉到嘴邊，啜飲著茶杯中的液體。看到這一幕，我緩緩開口說道。

「爸爸難道不怕我在茶裡下毒嗎？」

一股難以言喻的衝動襲上心頭，我試探性地向他提問。只見克洛德露出一臉平靜淡然的模樣，反過來問我。

「妳下毒了嗎？」

「沒有，我怎麼可能做那種事？」

「那不就沒事了？」

不是，什麼沒事啊？如果我真的心懷不軌，在茶裡下毒了怎麼辦？你不是說不記得我了嗎？這麼毫無戒心地喝下我給的東西是可以的嗎？

「對您來說，我是個陌生人，您應該更謹慎一點。」

說出這種話好像有點太壞心了。然而克洛德只是默默地看著我，如寶石般的眼睛在穿過樹蔭的陽光下閃爍。

「不知道。」

過了一會兒，他低聲說道。他的回答帶著些許迷茫，是不確定該對我保持警戒，還是不理解我為何要對他說這些話？又或是，他對兩者都感到疑惑？

只是他接下來的話，讓我拿著茶杯的手頓時停滯在空中。

「就算真的有毒，我也會喝下去吧。」

「為什麼？」

「因為……是妳給的。」

那一刻，我一句話也說不出口。克洛德則像是對自己剛才說的話感到驚訝，忍不住皺起了眉頭。

「呵，我剛才在胡說什麼？」

那、那要問你吧？那似乎是他無意識的有感而發，只見克洛德露出一臉茫然又微妙的奇怪表情，彷彿剛才聽到了什麼荒謬的話一樣。他一定認為剛才說出那些令人難以置信的話的人是個瘋子，但最搞笑的是，說了那些瘋話的人正是克洛德自己。

一時之間，我也不知道該做何回應，只能將茶杯放在桌上，用雙手緊緊地握住它，有些無措地囁嚅道。

「如果爸爸偷偷給我的茶下毒，我可不會喝喔。」

我當然知道克洛德不會對我下毒。但聽到了如此讓人難為情的話，如果不隨便說點什麼扯開話題，根本無法掩飾我內心受到的巨大衝擊。

「要我說多少次，妳才會相信我不會殺妳？」

他似乎認為我還在懷疑他，微微地瞇起了眼睛。

「如果我又失去了理智，想殺了妳的話……」

克洛德也把手中的茶杯放在桌上，皺著眉頭繼續說道。

「妳就逃走吧。」

聽到這裡，我忍不住輕笑出聲。

之前不是還叫我不要離開嗎？

「當然我的心情會很糟糕……」

他接下來的話卻讓我不由自主地想要緊緊握住他的手，讓他放心。

「但與其讓妳死在我的手上，還是讓妳離開比較好。」

「爸爸幹嘛說這些奇奇怪怪的話啦？」

「嗯。」

似乎意識到自己又說了一些莫名其妙的話，克洛德皺著眉頭一口氣喝下我倒給他的茶。

啾啾。

我聽著頭頂上不知名的鳥叫聲，帶著有些想哭的心情對著這個像傻瓜一樣的爸爸露出笑容。

❖❖❖

「呃啊！」

深夜，我突然從睡夢中驚醒，在漆黑的房間裡張開了眼睛。周圍一片濃稠的黑暗，沒有一絲光亮，只有我的喘息在空氣中迴盪。

怎麼回事？我剛才好像作了一個非常可怕的夢，醒來之後卻什麼都想不起來，然而夢中的恐懼依然在我心頭徘徊。

我靜靜坐在床上，過了一會兒，忍不住站了起來。

「哎呀，公主殿下，這麼晚您怎麼跑出來了？您睡不著嗎？」

我剛走出房門沒多久，就遇到了端著茶盤經過走廊的莉莉。儘管已是深夜，但她似乎還沒就寢。

「我、我作了一個夢……」

「什麼？」

「我得去找爸爸。」

聽到我突如其來的發言，莉莉瞪大了眼睛。但我沒再多說什麼，逕自邁開腳步。

「公主殿下，您怎麼突然……」

莉莉匆忙跟上，似乎想要勸說些什麼，但在看到我的表情之後，她便閉上了嘴。

「夜裡空氣很涼，您至少披上這個吧。」

她放下手上的茶盤，將自己身上的披肩蓋在我的肩膀上。

「哎呀，公主殿下，有什麼事嗎？」

「這麼晚了您要去哪裡……」

看到我這麼晚還要出門，尚未就寢的宮女們都感到很是疑惑。

「我們要去陛下那邊。」

聽到莉莉的話，她們便沒有再多說什麼，只是點了點頭，繼續各自忙去了。

我離開綠寶石宮，前往石榴宮。克洛德不久前安排在宮殿前看守的騎士們已經和莉莉一起跟在我的身後。我曾經要求克洛德快點移除他在宮殿周圍設置的危險魔法陣，但他似乎很怕自己一疏忽，我就會消失，所以執意不願撤除，也因此我無法使用瞬間移動去找克洛德。

幸運的是，克洛德還沒有睡著。

「妳竟然在這個時間來訪，真是稀奇。」

正在書房閱覽文件的克洛德看到我突然闖入，稍微挑起了眉毛。在夜深人靜突然來到這裡確實有點奇怪。看著坐在辦公桌前的克洛德，他的氣色比之前健康許多，感覺應該有好好吃飯，失眠的問題也有所改善。在確認克洛德一切安好之後，我緊繃的心弦才終於放鬆下來。

「啊……我突然很想見您。」

我坦率地說出原因。不知為何，克洛德看向我的表情變得很奇怪。雖然就這樣走掉有點好笑，但目的已經達成，我準備轉身離開他的書房。

「既然見到您了，那我先走囉。」

「等一下。」

正當我猜測著他要說些什麼時，頭頂倏然出現一道陰影。只見克洛德向我走近，並從上方俯視著我。

「妳……」

他像是無可奈何地嘆了口氣。

「阿塔娜西亞。」

過了一會兒，他低沉的嗓音在我耳邊響起。他呼喚我名字的聲音迴盪在我耳際，接著消失在微涼的空氣中。一陣沉默的吐納在我頭上起伏，隨後我的身體被高高舉起。

「沒想到有生之年我竟會做出這種奇怪的事。」

被克洛德突然抱起，我驚訝得瞪大了眼睛。

等等，我什麼時候有過這種奇怪的要求了？

「我一定是被妳傳染了。」

呃，這麼晚突然闖入書房確實是件奇怪的行為，我一時之間也無法反駁。看著克洛德露出有點寵溺卻又無可奈何的表情，我眼眶瞬間有點濕潤。但、但這還是有點尷尬啊。

我長大之後就沒有像這樣被克洛德抱著移動過……再說了，我是公主啊！呃啊！

克洛德用眼神示意站在門口的宮人們退下，繼續抱著我穿過走廊。我覺得非常尷尬，但感覺此時要求他放我下來只會讓氣氛更尷尬，只能安分地待在他的懷中。

「今天姑且讓妳待在這裡吧，乖乖睡覺。」

到了寢室之後，克洛德將我放下，並把我整個人用被子裹了起來。他的語氣聽起來好像很不耐煩，我立刻氣鼓鼓地反駁。

「您以為我是會被噩夢嚇到不敢自己睡的小孩子嗎？」

嗚嗚，我、我的確是因為作了噩夢才跑來的，但我的自尊心不允許我承認。然而，克洛德哼地一聲就將我的自尊心徹底擊碎。

「難道不是嗎？」

呃啊，真討厭！

我把臉埋進被子，憤怒地扭動著身體。

「別亂想了，快睡吧。」

一隻粗糙的大手蓋在我的頭上，我只好不再亂動。隨著這隻手笨拙卻溫柔的撫摸，我的身體逐漸放鬆下來。

「我想……」

某個瞬間，我細小的聲音從被褥中傳了出來。

「我想媽媽了。」

原本輕撫著我的手停了下來。我在沉默中閉上了眼睛。

不久後，我頭上的暖意再次緩緩移動。克洛德沒有回應。在昏暗的房間中，只有我們的呼吸淺淺地起伏。從窗外滲進來的月光將克洛德的半張臉染成一片銀白。

「……我也是。」

在我的意識終於支撐不住，準備跌進夢鄉之時，一道微弱的聲音悄悄飄散在夜空中。

那天晚上，我和他都難以入睡。

❖
❖
❖

啾啾。

「……咦？」

窗外的鳥鳴聲傳來，我從睡夢中睜開了眼睛。在我模糊的視線中，房間裡的景象讓人感到十分陌生。我眨了眨眼，努力回想起昨晚的事情。

啊，對了。昨晚我是在石榴宮過夜的。床鋪比想像中舒適，我在不知不覺中睡得很沉。

我頂著凌亂的頭髮掀開被子，坐了起來。從窗外透進的陽光非常明亮。莉莉通常都會在固定時間叫我起床，但今天她沒有來，我不太確定現在是幾點。話說回來，克洛德人呢？又去書房工作了嗎？

昨晚他一直陪在我身邊，直到我睡著。也許在我入睡之後，他就回到書房繼續工作了吧。畢竟我突然來訪，他肯定還有很多工作沒有做完。

我呆坐在床上，無聊地環顧四周，卻見遠處沙發上閃過一抹熟悉的金色。

啊，原來他沒有去書房！

我掀開被子走下床，悄悄走向克洛德。

啾啾。

他在窗邊的沙發上沉眠，全身沐浴在陽光底下。看他的表情，似乎睡得很香。

我蹲在沙發前，呆呆望著熟睡中的克洛德。嗯嗯，他終於恢復了一些往日的容貌。之前每次見到他，都一副重病纏身的樣子，臉色也不太好，讓我非常擔心。嗚嗚，雖然那樣也有一種頹廢的魅力……但他還是像現在這樣臉上泛著健康的血色、也沒有像之前那般削瘦比較好。說實話，之前的他就像帥氣的乞丐……不對，與其說是帥氣的乞丐，更像是帥氣的殭屍。

我趁著克洛德睡著，肆無忌憚地打量著他的臉。過了一會兒，我才用手指輕輕戳了戳他光滑的臉頰。

哇喔，這柔軟的觸感！跟看起來不同，手感不像麻糬，反而更像年糕。哼嗯，不是軟軟的，而是有種Q彈的感覺……啊，為什麼我要這麼仔細分析克洛德的皮膚呢？

「嗯……」

不久之後，他皺著眉頭微微轉醒。啊！趁他還沒完全醒來，我要再戳一下！我戳戳戳！看著克洛德慢慢睜開眼睛，將視線落在我的身上，我便開口說道。

「早安啊，爸爸。」

耀眼的陽光在璀璨的瞳孔裡五彩繽紛地閃耀著，我能在其中看見自己的影子。那雙好像凝聚了世界上所有美麗與神祕的寶石眼，在注視著我的同時逐漸找回焦點。在那雙眼睛的凝視下，時間彷彿被暫停了一般。片刻過後，只見他的嘴唇輕輕開闔。

「……嗯。」

天空中的太陽似乎也露出了微笑。

我在克洛德的房間裡享用著遲來的早餐時，突然朝他丟出了一顆震撼彈。

「我今天要出門一下。」

喀啦。

克洛德拿著餐具的手突然停住。我用叉子戳著沙拉，靜靜地看著他。

「誰決定的？」

我有點無言地看著周身開始散發陣陣寒意的克洛德。哎呀，這位爸爸，你現在幾歲啊？我只是出個門而已，有必要反應那麼大嗎？好吧，也許是之前的事造成的陰影吧。真是拿你沒辦法呢。

我輕輕嘆了口氣，朝他露出微笑。

「我會回來的。」

聽到這句話，克洛德原本緊繃的表情瞬間放鬆下來。他看著我，彷彿生平第一次聽到這樣的話。

「只要爸爸在等我，我就永遠不會悄無聲息地消失。」

我想要留在這裡和他一起生活。

「因為這裡是我的家，我一定會回到有爸爸在的地方。」

克洛德無法理解我的忐忑，我亦無法理解他的不安。也許我們這輩子都無法完全理解對方，但那也沒關係。

「所以我很快就會回來的。」

即便如此，直到死亡降臨的那一天為止，他都會是我唯一的爸爸，我也會是他最珍愛的女兒。

「我保證。」

我抱持著這個想法，再次對眼前惴惴不安卻又無法訴之於口的人露出了溫暖的笑容。

❖ ❖ ❖

「瑪格麗塔小姐。」

在橙紅交織的夕陽下，我去見了珍妮特一面。

「公主殿下！」

一看到我，她便高興又擔憂地跑了過來。

「聽說陛下宣布不再尋找公主殿下，我還很擔心發生了什麼事。」

啊，對了！差點忘了克洛德取消了對我的通緝……不對，是尋人啟事！呼，太好了。

那我成年舞會的影像應該也不會再被傳播了吧？

「嗯，事情進展得比我想像中還要順利。」

我在心裡流下欣慰的淚水，不好意思地開口。

「所以我又回到皇宮裡了。」

我的話似乎讓珍妮特十分意外，只見她瞪大了雙眼，不可置信地盯著我看。啊，為什麼會露出這種表情呢？我下意識抿了抿嘴唇，觀察著她深藍色眼眸中晦暗不明的情緒。她的眼睛就像波光粼粼卻又深不見底的海水，淺淺泛起了一絲稍縱即逝的陰影。

「原來如此。」

但那不過是剎那間的事。一轉眼，珍妮特便一臉慶幸地握住我的手。

「真是太好了，恭喜您。」

她看起來是真心為我感到高興，她的表情中看不到任何虛情假意。我忍不住歪著頭思考，剛才那股違和感又是怎麼回事？只是我的錯覺嗎？如果是那樣的話……

我思考了一會兒，突然想起來這裡的目的，於是我決定先完成今天的計畫。

「那我們走吧。」

「咦？走去哪裡？」

哎呀，看來她忘記了我們的約定。這讓我有點受傷呢。

「去看煙火啊。差不多該開始了。」

聽到我的話，珍妮特的眼睛又睜得圓滾滾的，臉頰也泛起一絲紅暈。我握著她的手，帶著笑容離開了亞勒腓公爵的宅邸。那天晚上，我們一起看的煙火比我之前看過的任何東西都還要美麗。

「鏘鏘！」

結束短暫的外出之後，我用瞬間移動回到了克洛德所在的地方。在我再三要求下，皇宮裡所有的魔法陣都被撤除了，所以我現在可以自由地使用魔法。

「我回來啦！」

他今天不在書房，而是待在寢室。我突然出現之後，克洛德立刻把目光固定在我身上，就像一直在等我一樣。他一句話也不說，看了我好一陣子。

「您在做什麼呢？」

「……」

「嗯，讓我猜猜看？」

我用手指輕敲嘴唇，假裝若有所思地皺起眉頭，然後突然高興地喊道。

「爸爸在等漂亮、可愛、又惹人憐愛的女兒！我答對了嗎？」

我本以為克洛德會用「這是什麼新奇的胡言亂語」或「妳吃錯藥了嗎」之類的話來嘲諷我，但他依舊保持沉默。在我差點因尷尬而流下冷汗時，克洛德終於開了口。

「妳真的回來了啊。」

聽到他低沉的聲音，我瞬間愣了一下，然後裝作若無其事地回答。

「當然啦，我是個信守承諾的人。」

我露出調皮的笑容，輕手輕腳走向克洛德坐的沙發。

「爸爸，您知道棉花糖是什麼嗎？」

「將糖加熱融化成半液體狀態，再利用離心力使其變成細絲狀，纏繞在棒子上……」

呃！我不該問的！我以為克洛德不知道棉花糖是什麼才會問他的！畢竟棉花糖就跟劣質食品一樣被禁止攜帶到皇宮。

「呃，好無聊的答案……」

「是妳問的。」

我用嫌棄的眼神看向克洛德，但他不以為然地對我哼了一聲。

就是這樣，現在這樣才是克洛德的作風啊。

「來，這是禮物！」

我突然拿出藏在背後的東西遞到他面前。

我可是禮物精靈娜西呢！我要把棉花糖送給乖乖在家等我的克洛德！

克洛德看著我手上的棉花糖，再次露出那種不屑的表情。喂，你這傢伙！竟然對神聖的棉花糖露出這種不敬的眼神！

「我本來不隨便送人的，但因為是爸爸，才特別送給你。看起來很好吃吧？」

我硬是把棉花糖塞到他手上。

嘿嘿，克洛德和棉花糖真的很不搭呢。

〔克洛德的開朗度上升1點！〕

〔克洛德的童心將持續開啟30秒！〕

嗯，總覺得這種情況下應該會出現這種提示框呢。

「爸爸也有看煙火秀嗎？超漂亮的。但話說回來，皇宮裡看的煙火好像都差不多。」

我坐在皺著眉頭的克洛德旁邊，搖晃著雙腿說道。哎呀，果然還是家裡最舒服。對了，這張沙發是用什麼做的，竟然這麼鬆軟？下次是不是應該把綠寶石宮的沙發也換成這種？這麼一想，之前在克洛德書房等他時坐的沙發也超級軟的。

「下次我們一起去看吧。我發現了一個很適合看煙火的地方。」

對，下一個跟我一起看煙火的人就決定是你了，克洛德！雖然克洛德沒有回應我的話，只是靜靜地看著我，但我已經自作主張地安排好行程，並愉快地哼起了小曲。

就這樣，我十四歲的夜晚又過去了一天。

❖ ❖ ❖

「我好像有點緊張……」

唔，肚子痛，看來是壓力造成的胃痙攣。

「請不用擔心。公主殿下只需要揮揮手就可以了。」

「是的。公主殿下只要稍微露個臉，大家就會很高興的。」

莉莉說完之後，菲力斯也緊跟著安慰了我。但我還是很緊張！因為今天是我第一次出席全國性的正式場合。

建國紀念日都結束了，真不知道為什麼還要我在全國人民面前問好。按照原本的安排，我本該和克洛德在建國紀念日的某一場活動上一起露面，只可惜那時我還在被通緝中……咳咳。

總之，我現在穿得漂漂亮亮地站在窗簾後面，努力平息內心的忐忑。我現在身處的這座宮殿通常不被使用，我以前從來沒有來過，但當我走到頂樓的陽臺時，宮殿外寬闊的廣場簡直一目了然。呃啊，外面的喧鬧聲都聽得一清二楚，害我越來越緊張了！

「妳只需要站著揮揮手，有那麼難嗎？」

克洛德以一種難以理解的冷淡眼神看著我。嘖，看到他的表情，緊張感頓時退去，取而代之的是蠢蠢欲動的戰鬥力。

「時間到了。」

旁邊等候的侍從拉開厚重的簾幕，克洛德率先走出陽臺。

「哇啊啊啊啊！」

像雷鳴般的響亮歡呼聲在廣場上響起。哇嗚，大家的反應果然不是鬧著玩的。畢竟就像建國紀念日一樣，普通民眾很少有機會直接見到皇帝。尤其今天的克洛德簡直帥氣逼人。奇怪，他是怎麼讓披風飄得那麼帥氣的啊？我練習的時候根本做不到。何況披風實際上比看起來還重，我的肩膀現在還一點一點往下沉呢。

「請吧，公主殿下。」

呃啊，輪到我了！後方傳來的催促讓我不得不邁出腳步。我、我應該要微笑吧？克洛德那種僵硬又嚴肅的表情不適合我，何況如果父女站在一起都是那種表情的話，氣氛會變得很尷尬吧！

「妳在幹嘛？」

我在幹嘛？我這不是在玩單人版的一二三木頭人嗎……不是啦，我也不知道自己的腳為什麼不聽使喚，只能站在原地一動不動！吼，對你來說這種場合可能很熟悉，對我來說不是嘛！

「如果別人看見的話，還以為妳連走路都不會呢。」

呵呵呵，爸爸說話還真好聽呢。

克洛德一邊跨過陽臺的門檻，一邊朝著站在原地的我咂嘴。接著，他向我伸出了手。

「手。」

為、為什麼成年舞會那天的記憶會突然閃過我的腦海呢？那時候他也是像現在這樣對我伸出手……你是真的失憶了嗎？咳咳，還是說即使失去記憶，人的性格依然不會改變呢？

我看著克洛德向我伸出的手，嘶了嘶嘴，最後還是無奈地把手放了上去。

「笑一下。」

當我邁步走到陽臺時，眼前出現了聚集在廣場的大批群眾。我的表情不自覺地變得有些僵硬，於是克洛德在旁邊輕聲提醒我。哎呀，我得控制一下表情！我努力露出笑容，猶豫地揮了揮手。就在那一刻，震耳欲聾的歡呼聲刺進了我的耳中。

「哇啊啊啊啊啊啊！」

「哇啊啊！公主殿下！請您也看看這邊！」

「歐貝利亞萬歲！」

「皇帝陛下萬歲！阿塔娜西亞公主殿下萬歲！」

天啊！

人們熱烈的反應看得我目瞪口呆。這是怎麼一回事？大家為什麼這麼激動？

他們熱情的歡迎讓我非常慌張。

「可能是因為之前的影像石吧？」

當我將歡呼聲拋到腦後，迷迷糊糊走回室內時，莉莉和菲力斯看著我笑了起來。

「很多人在看到公主殿下成年舞會的樣子後就被您迷住了。聽說不僅在歐貝利亞，這件事就連在外國也是很熱門的話題呢。」

「而且自從有傳言說公主殿下繼承了皇帝陛下強大的魔法之後，您的人氣更是急速上升。」

天啊！這些傳言聽起來也太誇張了吧？

聽到這些出乎意料的消息，我頓時啞口無言。呃啊，這麼一想，那段影像已經流傳到國外了嗎！

在我們完成揮手致意後，克洛德因為要和家臣開會先行離開了。一想到他，我臉上不禁露出苦笑。

「說到這個，你們到底散布了多少影像石？不對，在我不知情的情況下，你們什麼時候做了那種東西？」

莉莉和菲力斯聽到我問「到底散布了多少影像石」時，不僅避開了我的視線，還裝作一副若無其事的樣子。然而當我接著拋出第二個問題，他們卻彷彿等待已久般，爭先恐後地回答。

「我們也不知道，是陛下先前做好的。」

什、什麼？到底是什麼時候？如果是成年舞會的影像，難、難道是那個嗎？是我在跳舞時不小心踩到克洛德的腳的畫面?!

我聽到菲力斯補充道。

「還有其他的，您要看看嗎？」

大震驚！

其、其他的？什麼其他的？難道除了我成年舞會的影像石，還有保存其他的畫面？

「……不是只有舞會的嗎？」

「當然還有其他的。如果您好奇的話，可以親自去看看……」

「不，我不好奇。」

我一點都不好奇！我是說真的！克洛德，你這可怕的傢伙！這一定是他的陰謀，為了讓我丟臉，把我的黑歷史變成永恆的影像！

「您不要這樣，來看一下吧……」

「哎呀，那邊有一隻可愛的小蟋蟀。哇，你是來找媽媽的嗎？」

我假裝自己什麼都沒聽見。我完全沒聽過什麼影像石的事，我極力否認現實，並快步朝著綠寶石宮走去。

「啊啊啊！」

就在我走了一段距離之後，某處突然傳來了響亮的吶喊聲。那聲音幾乎要震破我的耳膜，讓我下意識地轉過頭去。

咦咦？那些人為什麼看著我露出驚訝的表情？

在我斜前方的一共是四個人，有男有女，他們穿著統一的特殊服裝，我一眼就認出了那是宮廷魔法師的衣服。

哇，真的好久沒看到這件衣服了。之前路卡斯還在的時候，我幾乎天天都會看到。嗚嗚，突然有點懷念呢。我沉浸在對路卡斯的思念中，當那些依然瞪大眼睛的人異口同聲地發出驚嘆時，我頓時被嚇了一跳。

「終於遇到了，精靈公主殿下啊啊啊！」

「哇哇……！」

——叮咚！

〈您遭到「精靈☆公主殿下」的攻擊，並受到了致命傷！您的體力下降了 500 點！〉

叮咚！

〈因精神上的打擊，您的內心受到 60% 的損害！〉

——叮咚叮咚！

〈您的耳膜已無法修復！〉

——叮咚叮咚叮咚！

在毫無防備的情況下，猛然被這個禁忌詞彙暴擊，我簡直受到了巨大的衝擊！哇喔，就像有人無情地從背後猛敲我的後腦勺一樣，頭骨都要麻了！

「哇啊啊啊啊！」

「我要靠近看看！」

「我也要，我也要！」

「哇喔喔喔喔！」

但這還沒結束。他們就像一群失控的殭屍，對我發出驚叫並朝我衝了過來。

天啊，這是什麼情況？

當我驚慌失措地退後時，身後的菲力斯挺身而出，站到了我的前面。

「沒有公主殿下的允許，你們不能靠近。請後退。」

哇，擋在我前面的菲力斯背影看起來相當可靠。果、果然是紅血球騎士！這個外號可不是平白無故而來的！嗯，對不起，我以前竟然還嘲笑你，菲力斯大人！

那些衝向我的魔法師們似乎被菲力斯的氣勢震懾住，像踩下剎車般地停下了腳步。

「對、對不起……這是我第一次這麼近距離看到真人，太神奇了……」

「對啊，我每天都用心地擦拭，讓影像石閃閃發光……」

「我每天都熬夜到流鼻血，一直看著公主殿下的臉，一遍又一遍……」

「我每天為了複製影像石忙得要死……還沒有加班費……」

啊，我就在想這些人怎麼怪怪的，但一說到影像石，我立刻就明白了！是克洛德讓他們製作了記錄我黑歷史的影像石！

但、但這些人的表情是怎麼一回事？我明明是第一次見到他們，他們卻彷彿和我認識了十年的老朋友。當菲力斯擋在我前面阻止他們靠近時，他們一副快哭出來的模樣，看起來非常委屈。咳咳，黑塔魔法師們和我想像的有點不太一樣啊……

「菲力斯，沒事的。」

在好奇心的驅使下，我讓菲力斯退開不必阻攔。除了路卡斯以外，我從來沒有近距離接觸過其他塔之魔法師，所以很想多和他們交流一下。

我平時在皇宮裡來來去去，雖然不是沒有見過塔之魔法師，但他們每次都在沉思或者自言自語，我從未主動跟他們搭話，而他們似乎對我也不感興趣。這次塔之魔法師們認出我，對我來說是件非常神奇的事。

「嗯。我也很高興見到你們，謝謝你們製作了那些影像石。」

嘩啦啦！

我一開口，他們的臉立刻亮了起來。哇，簡直就像從洞裡探出頭的土撥鼠。

「製作最多的人是我，那、那些影像石害我每天都在流鼻血！」

「送往國外的特別影像是我編輯的！」

「我負責在影像石上施展保存魔法！正因為有我，記錄公主殿下美貌的影像石才能保持百分之百完美無瑕的狀態！」

「我每天無償加班到深夜，指揮這些懶惰的傢伙！」

他、他們實在太過於熱情了……

「不過，公主殿下！」

其中一位魔法師突然用閃閃發光的眼神看著我，好奇地問道。

「您真的可以一天使用好幾次瞬間移動嗎？」

「對了！聽說您能不費吹灰之力使用連接魔法呢！」

「還有魔法師說在皇宮內看您使用過魔法！」

「除了在塔內，我們連一點火花都很難變出來！」

我被他們接二連三的提問弄得暈頭轉向，但我很快就注意到一件讓我很疑惑的事，於是好奇地開口問道。

「咦，你們在皇宮裡無法使用魔法嗎？」

我一開口，魔法師們就像等待許久般迅速回答。

「因為皇宮內會限制魔力！」

「除了指定的區域外，我們都無法使用魔法！」

「如果真的非得使用不可，當然也可以，但那可能會導致死亡！或者是會被直接反噬，比死了還痛苦！」

「只有陛下可以在皇宮內無限制使用魔法！我們只能安分地專注於研究！」

嘰嘰喳喳、嘰嘰喳喳！

魔法師們的話匣子一打開還真是不得了啊！我在他們七嘴八舌的交談聲中感到有些恍神，默默地流了一身冷汗。等一下，他們說皇宮內會限制魔力？但路卡斯不是也能隨意使用魔法嗎？

「而且我們也是第一次遇到後天的魔力突然極大化的情況！」

「對啊！我們最近每天都在塔裡討論公主殿下！」

「更何況您有足以在一天內瞬間移動好幾次的驚人資質！」

「公主殿下！如果您不介意的話，可以來塔裡看看嗎？」

——叮咚！

〔您收到了黑塔的邀請！確定要接受嗎？〕

我眨了眨眼，再次看到眼前浮現出遊戲系統視窗的幻影。反正現在也沒什麼事，而且我一直對黑塔很好奇，不妨去看看吧？

——叮咚叮咚！

〔接受邀請！〕

於是我衝動地決定前往黑塔一探究竟。

❖ ❖ ❖

「我們黑塔承襲了世界上最強的黑魔法師的遺志……這樣這樣……集結了這座大陸上最強的魔法師，再次重現往日的榮耀……那樣那樣……」

我正心不在焉地聽著塔內導覽員的介紹。剛才那群吵鬧的魔法師們匆忙地去叫黑塔的塔主了，只留下我和自稱是導覽員的魔法師，聽他講述這裡的偉大歷史。

「這些白色牆壁是由第一代塔主用祕銀雕刻而成……」

我聽著他驕傲地講述著每個來訪黑塔的人都會聽到的介紹，終於忍不住問了我一直以來都很好奇的事。

「那個，我有個疑問。這座塔叫『黑塔』，為什麼看起來這麼雪白呢？」

只見導覽員突然停了下來，驚訝地瞪大了眼睛。我瞇著眼睛看著他。畢竟塔的名字叫做「黑塔」，但不論是外觀還是內部裝潢都潔白無瑕！雖然有些地方是黑色的，但那看起來就只是灰塵和汙垢。

嗯，從遠處看著這座塔的時候我就一直很好奇。我之前也問過克洛德，但他當時一臉不感興趣地回了我一句「不知道」。

導覽員似乎早有準備，立刻開啟了「我們塔絕對是最棒的」模式，興奮地讚揚起黑塔。

「這正是我們黑塔魔法師無與倫比的獨特風格！就像白巧克力和黑巧克力、棋盤上的黑棋和白棋！光明的對立面是黑暗，我們前前前塔主為這座塔命名後，並沒有在外觀上盲目地貼合『黑塔』這個名字，而是建造了這座如雪一般純潔無瑕的白色建築，這絕對是神來之筆啊！黑色的建築不僅會讓人感到沉重，對於長年待在塔內鑽研的魔法師的精神也會造成負面影響，甚至可能引發憂鬱症，更何況……」

「不就是因為當時預算不夠，所以只取了名字，卻沒有把牆壁刷成黑色罷了。」

「是的，塗成黑色的話，從美學的角度來說太醜了……啊！」

一道聲音突然從自後方傳來，我和導覽員同時轉過頭去。出現在我們面前的，是一個身材高眺纖細、隨意披著宮廷魔法師披風的人。他似乎剛剛睡醒，那頭隨意編起的長髮讓人一時難以分辨他究竟是男是女。他的聲音也是雌雄莫辨，聽起來十分年輕。

「哇，原來您就是那群孩子們天天掛在嘴邊的精靈公主殿下啊。」

呃啊！

我再次被那個禁忌的詞彙擊中，受到了極大的打擊！但無論我有多麼震驚，那個人都只是興趣盎然地上下打量著我。難道……

「您是塔主大人嗎？」

「公主殿下的魔力是非常漂亮的彩虹色喔。」

……什麼？

他突然說什麼奇怪的話？我不相信什麼宗教，也不會買你的帳，你趕緊退下吧！

我警惕地看著這個突然出現、說著莫名其妙的話的人。

「我們塔主可以用肉眼看到每個人身上的魔力顏色。」

剛才那位不小心說漏嘴的導覽員解開了我的疑惑。

喔？還有這麼神奇的能力？

「公主殿下的魔力五彩斑斕，一直散發著迷人的光芒。真是危險呢。」

我忍不住打了個寒顫。

什、什麼？聽到別人說我的魔力很美是件好事，但他的眼神為什麼像吸毒犯一樣啊？

「嗯，皇帝陛下的魔力是由純淨的藍色和金色混合而成，而公主殿下的魔力就像極光一樣，彷彿將寶石眼融化其中……」

「塔主大人！」

「公主殿下！」

就在這時，一群魔法師們正從遠處蹦蹦跳跳地向我們跑來。

「哎呀，這些散漫的傢伙。嘖嘖，他們還年輕，行事不夠成熟，請您諒解。」

嗯、嗯嗯？為什麼這個人說話的語氣有點像老人家啊？而且從剛才開始就對我如此隨便。其他魔法師也一樣，難道這裡的人都是這樣嗎？也是，畢竟這些人決定將人生奉獻給黑塔，除了塔主之外，塔裡的其他人似乎都處於相同的地位，因此才會不熟悉外界的階級制度。

「那些瘋狂的傢伙得知公主殿下來訪，非常興奮呢。」

「啊，謝謝您的邀請。我之前聽路卡斯說過一些關於黑塔的事，也一直對黑塔很好奇。」

又是一陣尷尬的沉默。

片刻過後，我旁邊的塔主和導覽員突然驚訝地瞪大了眼睛。那些向我們跑來的魔法師們也停下了腳步。

「路卡斯？」

「您是說路卡斯嗎？」

呃呃？氣氛怎麼突然變成這樣？感覺路卡斯是什麼「禁止被提及的人」……我之前都不知道，難道路卡斯在黑塔就像佛地魔[2]一樣嗎？就在我感到困惑的時候，那些魔法師們開始憤怒地大喊。

「路卡斯！那個在黑塔裡無法無天的傢伙！」

「他是這個不公平的世界裡最不合理的傢伙！」

「其他人費盡千辛萬苦才能使用魔力，而他卻只要十萬分之一秒就能施展魔法！」

「上次我竭盡心力，好不容易才製作出一塊通訊石，那個傢伙卻一邊打哈欠，一邊隨手一揮就製造出十塊！」

「我曾經請教他如何更簡單地使用魔法，他就在我面前隨便地東揮揮西揮揮，然後一臉不解地看著我，懷疑我為什麼做不到，好像我很可憐一樣……嗚嗚，我真的很受傷，嗚嗚！」

呃！

魔法師們心有戚戚焉地吐露他們的不滿。看著他們的樣子，我一時之間不知道該說

2 英國著名奇幻小說《哈利波特》中的反派角色。

些什麼。路、路卡斯！你到底在塔裡做了些什麼啊！目前看來，他肯定沒有在塔裡扮演「清純可憐的美少年天才魔法師」。

「這麼一想，大概十年前，我好像聽說那小子是公主殿下的朋友。」

「咳咳，是七年前，塔主大人。」

黑塔塔主微皺著眉頭，似乎在努力回想模糊的記憶，旁邊的導覽員則輕咳一聲，糾正了他的話。塔主似乎對十年還是七年並不在意，他抬起單邊眉毛，瞥了導覽員一眼，然後轉向我說道。

「路卡斯那傢伙的魔力啊，真的是太——噁心了！每次看到他那噁心的魔力，我都快抓狂了！」

咳咳。

塔主臉上露出了極度厭惡的表情，彷彿想到了什麼噁心的東西。這讓我對路卡斯到底在塔裡做了些什麼感到更加好奇了。

「我六十幾年的魔法師生涯中，第一次看到那樣的魔力。每次看到他，我都會背脊發涼、冷汗直流，就像患有密集恐懼症的人突然面對密密麻麻的斑點一樣……」

咦？等一下！我剛剛好像聽到了什麼奇怪的話？

我呆呆看著那個人吐露自己對路卡斯的不滿，不由自主地大聲叫了出來。

「六十歲?!」

您、您剛剛說六十幾年嗎？不是吧？是我聽錯了吧？

「啊，我經常被說看起來很年輕。」

天啊，這不僅僅是「看起來年輕」那麼簡單吧?!他的外表看起來只有三十多歲，現在卻跟我說他已經六十幾歲了？真的假的？

「呵呵，您這麼看著我，我會覺得有點害羞呢。畢竟魔法師衰老的過程本來就比較慢嘛，呵呵呵。」

看到我驚愕的表情，塔主像個慈祥的老人一樣開懷大笑。

我震驚地看著那些看似二十歲出頭的魔法師們，感到目瞪口呆。這時，塔主又對我露出了有如對待孫女般的溫柔微笑。

「難、難道這些人也……？」

「這些傢伙還很年輕。其中年紀最大的傢伙大概是……多少歲來著？喂，笨蛋！你幾歲了？」

「是！我今年四十一歲！」

「那邊的蠢蛋呢？」

「我才二十八歲呢！正值壯年！」

「哎呀，他們都還很年輕呢。」

塔主咂了咂嘴，用一種「該拿這些小鬼怎麼辦呢」的眼神看著魔法師們。而我依舊沉浸在震驚之中。我、我以為他們都是年輕的魔法師呢！

只見那位經常清喉嚨的導覽員又開了口。

「魔法師在成年之後，衰老速度會急遽減緩，在身體年齡達到極限之前，能夠比普通人保持更長久的青春。您看我，我今年也四十六歲了。」

我、我當然知道這些。雖然在書上看過，但親自所見還是讓我感到非常震驚。啊！所以克洛德即使到了這個年齡，皮膚也還是那麼緊緻！原來這個世界最強的抗衰老保養品就是魔力！

「公主殿下，既然您都來了，能不能讓塔裡的那些傢伙也見見呢？因為皇帝的命令，他們沒日沒夜地製作影像石，一直想親眼目睹精靈公主殿下的尊容。」

就在我驚訝不已、心中百感交集的時候，塔主悄悄地向我提出了這個要求。這、這是正面的意思嗎？他們應該不是抱著「哎呀，因為這個公主，我既沒有額外加班費，晚上還得做影像石，要是她出現在我面前，我非得好好教訓她一頓不可」這種想法吧？

「哇，精靈公主殿下真人版！」

「天啊，她在我眼前經過！」

「哇，我每天早上都會花兩個小時用施展了清潔魔法的布料把影像石擦亮！」

所幸他們並沒有那種想法。我答應了塔主和其他魔法師的請求，開始參觀整座黑塔。每次遇到魔法師，他們不是像看到自己從小養大的孩子第一次走路一樣，就是像看到櫃子裡的模型突然動起來的禦宅族一樣……咳咳，他們就是那樣看我的。

「來，這裡是我的研究室。」

最後，我被邀請到位於頂樓的塔主的研究室。

「哇，這些都是什麼啊？」

「這些都是我的寶貝。有些是拿來實驗用的，還不太穩定，最好不要隨便亂碰。」

研究室的牆壁跟塔的外牆一樣潔白，牆面上貼滿了許多紙張，桌子和地板上散落著無數書籍和物品。其中有散發著神祕光芒的石頭和寶石，還有裝滿奇怪液體的燒瓶，甚至還有一些自己動著手臂或耳朵的可愛玩偶。

啊，書架上那個是什麼？看起來像用某種蛇釀的酒？但、但瓶子裡似乎有東西在動耶？還有那個角落裡被布蓋住的東西，雖然被布料掩蓋，但裡面不斷傳出「咚咚」的聲響，感覺像是關著什麼野獸的籠子。總之，這裡給人的感覺好奇怪……魔法師的研究室都是這樣的嗎？

「那麼，公主殿下。可以給我一根您的頭髮嗎？」

就在我瞇著眼睛打量周圍的時候，塔主突然轉過頭，對我露出燦爛的微笑。我瞬間愣在原地，小心翼翼地問道。

「頭髮……嗎？」

「是的！您既然來了，請幫幫我這個可憐的老魔法師吧。」

嗶嗶嗶——！

我內心警鈴大作！不知為何，總覺得不能給他我的頭髮，感覺他會用我的頭髮做一些奇怪的事。

「如果您不介意的話，一滴血也可以……不，就十滴……」

「呃，我不要！」

這、這個人！他那瘋狂的表情簡直就像吸了毒一樣！

「哎呀，別這樣。公主殿下難道不好奇嗎？您的魔力突然變得如此夢幻又美麗，這是為什麼呢？這股美麗的魔力究竟從何而來？公主殿下您不好奇嗎？嗯？」

我突然想起了之前魔法師們在塔外的對話。

——而且我們也是第一次遇到後天的魔力突然極大化的情況！

——對啊！我們最近每天都在塔裡討論公主殿下！

呃！這個塔主是想拿我做實驗嗎？

事實上，我的魔力突然暴漲是由於小黑被我吸收的緣故，但除了路卡斯之外，其他人似乎都不知道神獸的存在。

「呵呵、呵……話說看得越久，就越覺得公主殿下的魔力真是太美了。我能摸一下嗎？」

當他帶著瘋狂的表情搖搖晃晃地向我靠近時，我毫不猶豫地決定離開這裡。唉，本來以為有魔法師在的黑塔會很有趣，沒想到卻遇到一個瘋狂的老頭！

「不要！我很貴的！」

啪！

「哇喔喔喔！公主殿下竟然在十萬分之一秒內施展了魔法！」

我將那些驚嘆的聲音拋在腦後，迅速瞬移到黑塔之外。

「哎呀，公主殿下，您比我想像的還早出來呢。」

「您在裡面還好吧？」

嘖！我以後再也不去那個瘋老頭所在的塔了！

我一走出來，等在外面的莉莉和菲力斯，還有其他騎士和宮女們紛紛迎了上來。由於黑塔規定只有受邀的客人才能進入，其他人只能在外面等候。早知道我就應該直接回綠寶石宮洗漱，再好好睡個午覺。

「莉莉，妳去幫我拿點鹽來。」

「鹽？您要鹽做什麼？」

回到綠寶石宮後，我要往黑塔的方向撒鹽！呃啊！只要一想到那個像吸毒一樣盯著我的塔主，我就忍不住全身寒毛直豎。

❖
❖
❖

「哎呀，公主殿下。真的很抱歉。」

第二天，塔主親自來向我道歉。

「昨天看到公主殿下迷人的魔力之後，一時失去理智，對您做出了失禮的舉動。」

這一切的起因，是克洛德聽到昨天的事之後，把黑塔一大部分炸成了窟窿！

「我絕對不是因為塔的一半被炸飛了才來道歉的。」

我在綠寶石宮會見親自來道歉的塔主和魔法師們，默默地流下冷汗。宮女們則像看到非常有趣的事情一樣，眼睛睜得大大的，直到接到我的命令後才回到各自的工作崗位。

「我絕對沒有被威脅如果不向公主殿下跪道歉，黑塔剩下的一半就會炸飛，還會被吊掛在城門前已示警告。這是真的。」

呃啊，我昨天和克洛德一起共進晚餐時，只是隨口提了一下「塔裡發生了這樣那樣的事」、「那個奇怪的人到底是誰」，沒想到克洛德直接去把塔炸了！

聽到消息的漢娜也親自前去確認，據說黑塔的三分之一幾乎完全消失。克洛德竟然還跟他們說如果不向我道歉，就會被吊在城門前！

不過克洛德這次竟然只威脅要把他們掛在城牆上，沒有說要殺死誰？感覺威力弱了不少，難道是我太得寸進尺了嗎？咳咳！至少這次克洛德有事先警告，塔被摧毀的時候沒有造成人員傷亡，真是萬幸。

我沉住氣，輕聲說道。

「大家請抬起頭。」

我確實被那個奇怪的塔主嚇到了，但他畢竟已經六十歲了，看到他們那樣低著頭，我心裡有些不太適應。我可是在東方禮儀之國長大的乖孩子！要尊敬長者！對長者要有禮貌！就算站在我面前的塔主看起來很年輕，但他是個貨真價實的長輩。

「如果你們保證以後不會像昨天那樣對我造成威脅，我也不會計較之前發生的事。」

呃、呃啊。雖然那位老爺爺昨天對我有些無禮，但擁有悠久歷史的黑塔一夜之間消失了一半，總覺得我好像對那些魔法師們做了壞事呢！

「感謝公主殿下大發慈悲。」

「感謝您！」

「公主殿下，謝謝您！」

「嗚嗚嗚！」

在塔主後面顫抖著向我鞠躬的魔法師們感動地道謝，讓我受到更加強烈的良心譴責。

哎呀！雖然那位塔主看起來有點瘋狂，但其他魔法師們都像單純又善良的好人，唉，真有點對不起他們。他們像可憐的小鹿一樣，用濕潤的眼睛看著我，在得到我的允許之後就紛紛離開了。但那位塔主為什麼沒有跟著離開？塔主似乎與其他魔法師不同，一點也沒有氣餒，還用一種自在的表情看著我，露出親切的笑容。

「呵呵呵，我在皇宮當魔法師的這段時間，多虧了公主殿下，讓我獲得了許多珍貴的經驗。相當於歐貝利亞國寶的黑塔在我任內毀損了一半……日夜趕工製作五百個影像石……還被關進地牢……」

聽到他滿臉悔恨說出的話，我感到很是詫異，立刻反問道。

「您說您因為我而被關進地牢？」

難、難道克洛德那麼快就把這位老爺爺關進地牢又放出來了嗎？難怪他看起來這麼狼狽！不過，老實說他昨天看起來也很狼狽……

「啊，因為公主殿下當時沒有意識，所以不知道，但其實每次公主殿下的魔力出現問題時，我都會過來檢查。」

「啊，是嗎？」

「是的，雖然……沒能提供太多幫助。我有能用肉眼看見魔力的能力，但並非一直都能看到。公主殿下第一次昏倒時，憤怒的陛下把我和我的同事們一起關進地牢……呵呵，但那時我只是塔裡普通的宮廷魔法師，沒有受到太大的刁難。」

啊！啊啊！對，沒錯！我好像有點印象了！有個大叔顫顫巍巍地跪在克洛德面前，克洛德還跟他說如果找不到治療我的方法，就要殺了他，把他關進地牢！呃，原來那時候他是跟同事們一起被關進去的啊？難道不只有那個大叔被關進去嗎？

「當時的塔主，也就是我的師父，受了很多苦。幾年前他去世之後，我才接替了這個位置。」

塔主似乎在回憶某個思念的人，眼神逐漸變得朦朧，讓我也跟著嚴肅了起來。難道說當時那個大叔是塔主嗎？雖然記不清了，但他那時似乎在克洛德面前說了「我是塔裡最厲害的魔法師，連我都無法做到的事，其他人更不可能做到」之類的話，激怒了克洛德。

等一下……那個大叔當年是幾歲啊？現在站在我面前的這位塔主年紀在六十歲左右，卻擁有三十幾歲的外貌，那當時長得像大叔的那位魔法師年紀究竟有多大！嗯，克洛德，原來是你在折磨老人家啊！

「師父也真是的，誰能想到他竟然能活到一百歲。唉，我原本以為十年前就會接任塔主的位置，但那位先生的壽命實在太長了……啊，請您當作沒聽到我剛才說的話。」

塔主帶著些許不悅的神情繼續自言自語。什麼嘛，他剛才不是因為想念師父才露出深情的眼神嗎？難道都是假的？真是個可疑的老爺爺啊。

「不過，自從公主殿下到來之後，似乎發生了許多令人吃驚的好事。」

他假裝沒看到我的眼神，灑脫地笑了起來。

「對我來說，陛下和塔裡那些笨蛋們一樣，是個毛沒長齊的孩子。畢竟在陛下出生之前，我就已經在塔裡了……如果我結婚的話，孫子和孫女應該和公主殿下差不多大了吧，所以見到您才會讓我覺得格外親切。」

聽到他的話，我稍稍愣了一下。他看向我的眼神，就像一位慈祥的祖父看著孫女一樣既溫柔又寵愛。面對這樣的眼神，我確確實實地感受到他的年齡並不像外表看起來那樣年輕。

「所以，公主殿下能平安無事地回到皇宮，我真的很高興，也非常感謝您為這座荒廢已久的宮殿帶來真正的春天。」

他真誠地向我表達謝意，並對我深深地鞠躬。

看到他的樣子，我的心情逐漸變得微妙起來。我沉默地看著他編起來的長髮向下垂落，許久後才開口。

「不是的。我沒有做什麼值得感謝的事，反倒是……」

「不，公主殿下確實是陛下最珍貴的寶藏，也是我們歐貝利亞真正的珍寶。」

「我……」

「話都說到這了，您能讓我背著陛下偷偷取一滴血嗎……真的不行嗎？」

「請您出去。」

我一掃剛才慌張結巴的樣子，堅定地說道。

呃啊，他剛才是不是想要偷偷引誘我？所以故意營造溫馨的氣氛，讓我沒有絲毫防備！

「呵呵呵。真是的，沒想到我這個只待在塔裡的沉重屁股，竟然被公主殿下輕鬆地移動了。我下次還會再來拜訪您的，祝您一切安好。」

「您不要再來了！反正您也不可能得到想要的東西！」

「呵呵呵。那麼，希望下次見面之前您都能身體健康。呵呵呵呵。」

黑塔的塔主比瘋子路卡斯還要難溝通，精神也更不正常！呃啊啊！把我對黑塔的幻想還來！

「一個老糊塗的瘋子。」

克洛德對塔主的評價確實很直白。他不斷提醒我，那個瘋子隨時可能會做出瘋狂的事，絕對不能靠近他。如果那個瘋子再次對我做出無禮的行為，一定要即時告訴他。我愣愣地凝視著他，突然開口說道。

「嗯，爸爸，原來您和那個老爺爺很熟啊。」

「妳瘋了嗎？」

克洛德緊皺著眉頭，似乎覺得我的發言簡直荒謬至極。但我已經察覺到了，之前我完全沒有聽過關於塔主的事，所以沒有意識到，但今天那位老爺爺在綠寶石宮的感慨似乎並不全是謊話，而且克洛德對他的態度也有一種難以形容的感覺。

果然……那些異於常人的人之間，是不是有某種只有他們才懂的連結？也許克洛德和塔主之間也存在某種交情……我忍不住陷入沉思。

克洛德似乎認為我在胡言亂語，我決定不再多說無謂的話。之後，我一邊吃著盤子裡的蛋糕，一邊偷偷觀察他的表情，再次開口說道。

「我打算在生日那天舉辦派對。」

「什麼？」

聽到這突如其來的通知，克洛德詫異地看著我。

「準確來說，不是在生日當天舉辦，大概是在一個禮拜之後。」

「妳說什麼派對？」

「中午會在綠寶石宮和宮裡的人簡單地舉辦茶會，晚上則會向名媛公子們發出邀請函，舉辦一場變裝舞會。應該會很有趣吧？」

從克洛德的表情來看，他似乎對我的安排感到很不滿。畢竟克洛德本來就不喜歡我邀請男生來綠寶石宮，之前參加茶會的人也只有名媛千金們。看到他的樣子，我忍不住笑了起來。看來即使記憶消失，人的本質還是不會改變。

但我也只是盡義務通知一下。

我裝出一副無辜的表情，不理會克洛德的反應，露出燦爛的笑容。

「仔細一想，我好像從來沒有在我的宮殿中舉辦派對，所以這次想邀請一些不同的人。」

哼哼，我豁出去了。哈哈哈，隨心所欲的感覺真好！如果知道這麼刺激，我早就該這麼做了！當然，上次克洛德在生日宴會上，當著其他人面前對我做了那些事，頭腦正常的人應該不會接受邀請才對。

不過我聽說，在我逃出皇宮的期間，克洛德在一場晚宴上差點把一位貿然談論我的貴族處死。雖然不知道那位貴族確切說了什麼，但自從那之後，再也沒有人敢不把我當成公主對待。一方面感覺他像賞了我一巴掌之後再給顆糖，另一方面又覺是我導致克洛德失憶，讓他在那段期間過得非常痛苦……

昨天克洛德不僅和我親暱地牽著手一起出現在陽臺上，還因為那位想把我當成實驗對象的塔主憤怒到炸了半座黑塔，關於我們不和的傳言也自然而然消失了。在我失蹤的期間，克洛德焦急尋找我的樣子也讓人們認為之前的衝突不過是父女間的爭吵。

當然，把那種情況當作是父女爭吵可能有點過於離譜……但畢竟對方是克洛德，人們似乎還能勉強接受。自從我歸來的消息傳出去之後，綠寶石宮又開始陸續收到各種邀請函和禮物，如果我在這次生日向大家發出邀請，他們也許會出於好奇前來參加，想確認克洛德和我是否真的和解了。

然而克洛德似乎不喜歡我的計畫，立刻露出冷淡的表情開口反對。

「在綠寶石宮與宮人們一起舉行派對就算了，但舉辦變裝舞會太麻煩了……」

「我又沒有邀請爸爸來。您在石榴宮應該聽不到什麼聲音吧？」

克洛德拿著茶杯的手頓了一下，一副不敢置信地開口說道。

「……妳說什麼？」

哎呀，幹嘛這麼驚訝？

我看著聽到我不打算邀請他而萬分震驚的克洛德，若無其事地回答道。

「反正爸爸從來沒有在我生日時來看過我，這次您也會整天待在石榴宮裡吧？」

雖然知道克洛德之前是因為黛安娜才一直沒來看我，但我還是覺得很委屈。如果這不是我的第二次人生，身為女兒的阿塔娜西亞肯定會受到更大的傷害。

克洛德似乎沒想到我會這麼直白地說出來，一時之間愣在原地。這是我第一次看到他在我面前如此動搖，感覺有點奇怪。

過了一會兒，克洛德把茶杯放在桌上，看起來比剛才平靜許多。他接著開口說道。

「我有那樣嗎？」

克洛德的臉上寫著「我什麼都不知道」。畢竟你連我的存在都忘得一乾二淨，你當然不會記得自己每到我的生日，就連人影都見不到。

「沒關係的。」

我隨手擺弄著眼前的茶杯，盡量若無其事地微笑開口。

「每年生日我都過得非常開心。這次如果能舉辦派對，肯定會更有趣。我會注意不要太吵的。」

我從不無理取鬧地要求他在生日那天來看我，但有時候還是會有一點小小的遺憾。

儘管如此，我依舊淺淺地笑著，假裝剛才什麼事都沒發生。

「爸爸，您要再來一杯茶嗎？」

克洛德沒有回答，我拿起桌上的茶壺，自顧自地幫他填滿已經空了的杯子。嗯，人不能太貪心。今天終於把一直想說的話說出口了，但同時又覺得自己太過莽撞，所以有點後悔。我嘆了口氣，咬了一口眼前的司康。

這麼一想，不久之後就是我的生日了。時間真的過得好快啊。

克洛德就這樣一直默默地看著我的臉。過了一會兒，他終於開口說道。

「……我會去的。」

低沉的聲音自他口中緩緩傳來。

「這次生日，我會準時到場的。」

我原本正無聊地看著草地上晃動的樹影，聽到他的話後，馬上抬起頭來。我愣愣地抬起頭，看著依舊靜靜凝視著我的克洛德。

思緒正在離我遠去，我感覺自己無意識地開口問道。

「……真的嗎？」

「是。」

「您沒有騙我吧？」

「是。」

「啊……我真的沒關係，剛才只是……」

這次換克洛德拿起茶杯，傳到我耳中的聲音比剛才更加清晰。

「我有關係。」

「這次生日，我一定會準時出席。」

如果說我不曾期待，那絕對是謊言。但當真的收到他認真的承諾時，我的心漸漸生出一股難以言喻的情緒。是高興，卻又帶著一點點心疼。也許是因為我的驕縱任性，他才會說出這樣的話，即便如此，我還是非常、非常地開心。

「嘿嘿。」

幸福的笑意自嘴角溢出。面前的克洛德似乎在心裡嘆息，看著我的表情彷彿寫著「真是拿這孩子沒辦法」。但我怎麼忍得住呢？畢竟這是我第一次能和爸爸一起過生日呢。

「您知道生日那天不能空手來吧？如果沒帶禮物，我不會讓您進來的喔。」

「妳的生日禮物不就是那幅畫？」

「啊！」

「看來妳忘記了。」

啾啾。

鳥兒的清脆的啁啾融入溫暖的空氣中。

自頭頂灑落的陽光就像在撫摸著我們一般，溫暖又明亮。

❖❖❖

「其實，爸爸非常非常地喜歡我，喜歡到無可自拔。」

陽光像玻璃彈珠一樣在湖面上閃耀，在水波中滾成一顆顆圓滾滾的泡沫。我正努力向克洛德闡述我們美好的過去，其中參雜著真真假假的故事。

「所以，如果我想要，爸爸甚至會把星星和月亮都摘下來給我。」

我和他並排坐在船上，水面反射的波光在我們臉上投射出淡淡的紋路。

克洛德並沒有認真傾聽我的胡說八道，但如果不趁現在，我什麼時候還有機會能像這樣逗他玩呢？

「聽起來很像說謊對吧？」

我擺出一副早有預料的神情，發出哼嗯的聲音。接著，我轉動起手中的陽傘，對克洛德發出了致命的攻擊。

「那爸爸把我以前的畫作小心翼翼地收藏在寢室，還有您偷偷製作的影像石，這些您要怎麼解釋？」

「那不是我做的。」

我一說完，克洛德立刻挑眉否認，但這對我來說根本起不了任何作用。

「我是真的很驚訝呢。沒想到您還留著那些東西，而且為了不讓它們褪色，竟然還在畫上施了保存魔法。」

「那一定是別人開的玩笑……」

「那影像石又是怎麼回事？聽說塔之魔法師們看到爸爸突然扔給他們影像石，並要求他們複製時，驚訝到差點摔倒呢。」

「……」

「菲力斯和莉莉也都被嚇了一大跳。」

克洛德似乎無法反駁，畢竟他根本不記得我提起的那些事。他又露出一副「真是見鬼了」的表情，不悅地皺著眉頭。他現在腦中所想的「瘋子」肯定就是過去的自己。

「……我真的是那種人嗎？」

只聽克洛德用略帶懷疑的語氣喃喃自語。我不確定他是在問我還是在自問自答，但我就像等待許久一般，馬上回答了他。

「所以我才說嘛。」

我能這麼堅定地說出去年從路卡斯那裡聽到的話，感覺真的很特別。

「爸爸比自己想的還要更喜歡我喔。」

聽到我的回應，克洛德露出微妙的表情，默默地看著我。他既沒有肯定也沒有否認我的話。現在這樣的氛圍讓我非常快樂，我看著波光粼粼的湖面，忍不住哼起了小曲。

「妳真的不想做其他特別的事情嗎？」

過了一會兒，克洛德望著我問道。

其實今天正是我的生日，而我正在和如約前來綠寶石宮的克洛德一起享受這難得的兩人時光。當我提議一起去乘船遊湖時，他的眼睛彷彿在問「這麼重要的日子妳只想做這種事情嗎」，我卻笑著拉起他的手說道。

「哎呀，爸爸，您不知道嗎？

「跟爸爸一起乘船就是我想做的事情啊。」

看到他似乎還在糾結這個問題，我帶著一絲調皮的微笑回答了相同的答案。

「和爸爸待在一起的時間，對我來說都是特別的。」

滴答、滴答。

水珠滴落的聲音輕輕掠過耳際，克洛德的寶石眼靜靜地凝視著我。

他那雙閃爍著湛藍光芒的眼睛似乎蒙上了一層更深邃的藍色。

「如果我一直沒辦法恢復記憶，妳要怎麼辦？妳會離開嗎？」

這次換我凝視著他。他表面看似漠不關心，臉上卻隱約透出一絲不易察覺的緊張。

「您為什麼總要說那種話呢？」

眼前的這個人既讓人心疼，同時又十分惹人憐愛。當失去記憶的他偶爾在我面前露出自己脆弱的一面時，我總會覺得心臟像被無形的手狠狠攫住一般，卻也不自覺地感受到一股難以割捨的眷戀。

「爸爸覺得我不是您的女兒，您依然是我唯一的爸爸，即使您不記得也沒有關係。」

啊，我好像終於能夠稍稍理解小說中的阿塔娜西亞了。理解為什麼她在臨死之際仍無法責怪克洛德。即使克洛德最終仍沒有想起我，我也真心覺得沒關係。

「畢竟我記得一切，所以爸爸……」

只要能永遠像現在這樣在一起就可以了。

「您只要像現在這樣就好了。」

看著我微笑的臉龐，克洛德再次陷入沉默。

那天，克洛德真的陪我度過了一整天。我們一起乘船，一起在綠寶石宮享用下午茶，甚至還下了我最近愛上的西洋棋，度過了平凡卻非常愉快的一天。晚上，我們還一起享用了莉莉特製的巧克力蛋糕。

雖然和平時沒什麼不同，但因為有克洛德的陪伴，今天對我來說是非常幸福又快樂的一天。

我向要回石榴宮的克洛德道別之後，便回到了我的房間。

啦啦啦啦啦～啦啦～

我打開去年生日時，莉莉送我的音樂盒，優美的旋律在寧靜的夜裡流淌。我穿著睡衣走到陽臺，靠在欄杆上。高掛在空中的月亮為黑夜灑下柔和的光芒。啊，今天真的很有趣呢。雖然沒做什麼特別的事情，但這可能是我有生以來最快樂的一個生日。

這是克洛德第一次在我生日這天來看我，莉莉、菲力斯、漢娜和瑟絲，還有綠寶石宮的其他成員都顯得非常興奮。今天下午茶的甜點和晚餐的菜餚都非常豪華。

克洛德意外地很擅長下棋，所以我每一盤都輸了。最後一局，我假裝打噴嚏偷偷掀翻棋盤。

我本來想趁機像小孩一樣耍賴，最後還是在晚餐後讓他回到石榴宮了。

今天已經很開心了，所以剩下的幾個小時，我決定把他讓給我的媽媽黛安娜，於是我笑著送走了露出微妙表情的克洛德。

我把手臂和頭靠在欄杆上，感受著涼爽的夜風輕拂過我的臉頰。在月光下閃著銀白光芒的髮絲垂在欄杆下輕輕搖曳。

克洛德第一次陪我過生日，路卡斯和小黑卻都不在……

我漫無目的地凝視著夜空，淺淺的呼吸消散在黑夜中。像這樣一個人待著的時候，我偶爾會有種被空虛吞噬的奇怪感覺。我知道不應該這樣，我已經很幸福了，我應該感謝自己擁有的一切。儘管如此，我還是有點……

「想你了。」

我小聲地喃喃自語，聲音小到幾乎沒人能聽見。

「妳想誰了？我嗎？」

就在那一刻，夜空中如魔法般飄來某個人熟悉的聲音。我屏住呼吸僵在原地，而後才慢慢轉頭朝聲音來源看去。在黑夜的襯托下，一頭透著淺藍色光暈的黑髮在夜色中飄盪。那個曾經在樹蔭下散發出沉重壓迫感的人輕巧地降落在陽臺上。

「看妳那傻乎乎的表情，應該是被嚇了一大跳吧。」

我不知道自己為什麼一句話都說不出口，只能呆呆地看著他。

只見路卡斯對我露出了戲謔的笑容。

「我回來了。」

「……路卡斯。」

當我終於回過神，我仍然不太相信眼前的人是真的，半信半疑地看著他。

「什麼嘛？見到我高興到說不出話了？」

聽到他那輕佻的語氣，我這才慢慢意識到眼前的人確實是路卡斯。

「今天不是妳的生日嗎？」

「我沒有遲到吧？」

剛才還存在於腦海中的人突然出現在眼前，簡直就像看到幻覺一樣。

他的模樣不再是我熟悉的少年，而是一名風度翩翩的成年男子，這讓我更加懷疑他到底是不是我的幻覺。站在月色下的路卡斯，就像一個我完全不認識的神祕存在。

「妳是怎麼了？」

我像個啞巴一樣，只能呆呆地望著他，直到他再次興致勃勃地開口。

「妳把小黑吸收了？」

那一刻，我的心彷彿被石頭砸中般一陣顫抖。

「妳突然變成魔力富翁了呢。」

路卡斯的聲音裡沒有絲毫責備，他只是好奇地打量著突然擁有大量魔力的我。

「你真的回來了嗎？」

我好不容易張開嘴巴。隨後，我們進行了一段無聊的對話。

「怎麼了?妳希望我再離開一次嗎?」

「你吃到世界樹的果實了嗎?」

「有人把果實弄得跟廚餘一樣,所以沒吃到,但我吃到了更好的東西。」

幸好路卡斯完成了他的願望,只見他臉上洋溢著滿足的神色。

「嗯,那就好。」

感覺真的很奇怪。本以為他回來之後,我會有很多話想說,但不知為何,我卻只能說出這些無關緊要的話。總覺得他讓我感到有點陌生,我很高興見到路卡斯,此刻我卻無法好好地說完一整句話。

「嗯?」

路卡斯似乎察覺到我的異常。他那雙紅色的眼睛靜靜地凝視著我。那一刻,我再也忍不住,發出了「哎呀」的聲音,閉上眼睛,伸手將眼睛遮蓋住。

「你為什麼一定要變成這個樣子?不能變回小時候的樣子嗎?」

「我為什麼要那樣做?」

「你現在看起來不像你啊!」

我閉著眼睛,無法看到他的表情,但我聽到耳邊傳來了「嗯」的一聲。他好像覺得我的反應很有趣,但又微妙地有點不高興。

「現在可以了嗎？」

出乎意料的是，路卡斯沒有多說什麼就答應了我的要求。當我聽到比剛才更加稚嫩的嗓音傳來時，我慢慢放下手，睜開了眼睛。

「路卡斯！」

「啊，我的耳膜。」

我眼前站著的人才是真正的路卡斯！

一個看起來和我差不多年紀的俊俏少年對我的喊叫皺起眉頭，彷彿在詢問我是否滿意了。一股突如其來的喜悅瞬間充盈我的內心，讓我忍不住向他表達內心的興奮之情。

「你怎麼這麼晚才回來！」

「看來妳真的很想我啊？」

這種調皮的回答才是真正的路卡斯。我不由自主地將眼前的他緊緊抱住。

「喂，等一下……！」

「我一直在等你，你這個笨蛋！」

不知為何，路卡斯只是呆站在原地。但我沒有管他，而是放肆地宣洩著自己的情緒。

他說要去找世界樹的果實，結果幾個月都沒有消息，我真的很擔心！而他居然在我生日這天趕回來，真是個令人欣慰的傢伙！路卡斯不在的這段時間發生了很多事，他的歸來讓我格外高興。這段期間，我是真的真的很想念他。畢竟從小他就一直待在我身邊，還是我的第一個朋友。

「喂，妳……這樣太……」

路卡斯似乎對我突然的擁抱感到不知所措，說話變得結結巴巴。我將路卡斯抱得更緊了，輕輕拍著這個可愛傢伙的背。

「恭喜你實現願望！現在魔力也恢復了，真是太好了！」

「嗯，是啊……」

「但你花的時間也太久了吧？我都擔心死了！你至少應該跟我聯繫一下啊！」

被我緊緊抱住的路卡斯僵硬了好一會兒才回過神來，猛地把我推開。

「喂，妳這樣突然抱上來不會太過分嗎？」

咦？你什麼時候開始跟我計較這種事了？我把路卡斯驚訝的叫喊當作耳邊風。看到我無動於衷的反應，路卡斯的眼神開始閃爍。他看上去似乎對我有所不滿，最終卻只能露出一副「我現在是在做什麼」的疑惑表情，對我說道。

「唉，算了。現在妳好好說一說吧。」

「說什麼？」

「還能說什麼？就是我不在的期間發生的事情啊。」

聽到路卡斯的話，我的動作停了下來。他瞇起眼睛，似乎在要求我毫無保留地說出一切。

「小黑消失的事妳不用說我也知道。但妳身上怎麼又沾了這麼多髒東西？煩死了。妳把這段時間遇到的人，一個不落地全都告訴我。」

路卡斯用銳利的紅色眼睛仔細地打量我。我不知道他到底在說什麼，但看來我的魔力狀態似乎不太正常。我覺得自己好像做錯了事，於是帶著狡辯的語氣嘟囔道。

「我沒有聽你的話，每天都跟小黑玩在一起……所以……所以小黑好像被我吸收了。」

「還有呢？」

我把路卡斯不在的這段時間發生的事情全盤托出。在我講述的過程中，路卡斯沒有打斷我，也沒有責怪我，只是一如往常冷淡地在一旁陪著我。這在我傾吐心中積累的種種糾結時，提供了很大的幫助。

「妳看吧。妳果然不能沒有我，對吧？真是的。」

在我說完之後，路卡斯一臉驕傲地看向我，對我伸出了手。

「過來吧。」

不是，為什麼他的態度有點……奇怪？也許這只是我的錯覺，但他彷彿在說「這個愚蠢的凡人啊，我特別大發慈悲，就讓偉大的我收留並養活妳吧」，讓我心裡很不是滋味……

「怎麼了，要去哪裡？」

「今天不是妳的生日？送妳一份禮物。」

咦？為什麼突然送我生日禮物？我還以為你剛好趕在我生日的時候回來，會說一些「妳的生日禮物就是我」之類的傻話呢。我還在發呆，路卡斯沒等我回覆，直接抓住了我的手。在手掌被暖意包圍的瞬間，我的視野也跟著上下顛倒。啊，頭好暈！你要瞬間移動的話，不能先說一聲嗎？

只是這種不滿很快就被我遺忘了。

在我看到眼前的景象後，被嚇得連忙倒抽一口氣。天啊，這是怎麼回事！這裡不是克洛德的寢室嗎？而且克洛德還沒睡呢！路卡斯應該是用了某種方法，讓克洛德無法發現我們的存在，但我看到克洛德站在窗邊的背影，還是驚慌地張大了嘴巴。

我瞪大眼睛看著旁邊的路卡斯，試圖用眼神質問他「你瘋了嗎」，但他卻逕自朝克洛德的方向走去。

喂，不行！你這個傢伙，停下來！

兩人的距離逐漸縮短，克洛德突然轉過頭來，皺了一下眉頭，簡直就像擁有動物感知危險的本能一樣。

接著，就在那一瞬間。

咻嗚！噗嗚！

「呃！」

路卡斯的手憑空抽出了某樣東西，迅速向克洛德揮去！他的動作快如閃電，我看著路卡斯手中的物體直接插進克洛德的腦袋，驚恐地尖叫出聲。

「啊！爸爸！」

只見克洛德已經躺倒在地，尚且沉浸在震驚之中的我急急忙忙地跑向他。

「哎呀，明明沒發出聲音幹嘛回頭？差點就打在臉上了。」

「爸、爸爸！爸爸！」

無論我怎麼搖晃，克洛德還是動也不動。路卡斯剛才毫不留情插到他頭上的物體看起來像一節樹枝。我不知道該拔出來還是就這樣放著，慌亂得不知所措。

爸爸不、不會真的死了吧？

「這是非常珍貴的東西，我通常不會隨便送給別人，但今天是妳的生日，我才特別送妳，妳應該要感激我才對。」

路卡斯不要臉的聲音從頭頂傳來，我的怒火頓時爆發。

「喂，你這個瘋子！你看你做了什麼好事？誰讓你殺了我爸的！」

嗚嗚嗚嗚！所以說，我就不該收留這個黑髮瘋子的！看到你剛回來那麼熱情地歡迎你，結果你竟然這樣報答我?!

見我忿忿不平的樣子，路卡斯只是平靜地開口。

「那是世界樹的枝條，他不會死的。妳不知道吧？世界樹的樹枝可以治療受到損傷的部位。」

看到克洛德毫無聲息地趴倒在地上，我一邊抽泣，一邊看著一副若無其事的路卡斯。緊接著，他轉過頭來，面帶涼涼笑意地向我低語，正在傷心流淚的我瞬間被嚇到打了個嗝。

「而且現在不是擔心別人的時候吧？妳也得治療呢。」

什、什麼？他是什麼意思？繼克洛德之後，他又要對我做什麼？

我用不安的眼神看著路卡斯。

但路卡斯顯然不是平白無故獲得「黑髮瘋子」這個外號的，只見他無情地對我說道。

「妳只需要穩定一下魔力就可以了，枝條不會太粗的。」

咻嗚！噗嗚！

我還沒來得及反應，路卡斯又憑空抽出一截樹枝，並把帶有嫩芽的細枝插進了我的頭部。喂，你竟然拿那個凶器攻擊我……這個混帳傢伙！

一陣短暫的疼痛倏然傳來，我慢慢地失去了意識。

路、路卡斯……你這個……殺人……凶手……呃！

我眼前頓時陷入一片黑暗。

「呃啊！」

不知道過了多久，我全身痠痛地從床上坐起。呃，這、這是什麼情況？我為什麼會變成這樣？這裡是哪裡？我是誰？

我的思緒陷入一片混亂，只能茫然地環顧四周，隨後，我回想起了昨晚發生的事。

啊啊啊！這個該死的黑髮瘋子！你到底對克洛德和我幹了什麼好事？你回到皇宮做的第一件事竟然是謀殺我們這對父女！呃啊啊，這個恐怖的傢伙！

我下意識地摸了摸頭，發現那根樹枝已經不見了。確實如路卡斯所說，我並沒有死，反而還感覺身體變得非常輕盈……就算是這樣，你也不能隨便把樹枝插在別人頭上啊！嗚嗚。

話說，克洛德呢？

我的視線向周圍掃過，緊接著看到了躺倒在一旁的克洛德，連忙大力地搖晃他。

「爸、爸爸！爸爸！」

把我們搬來這裡的應該是路卡斯。我們並沒有躺在陽臺冰冷的地板上，而是身處一張柔軟的床鋪。現在已是清晨，窗外尚帶著一點涼意的陽光慢慢地照射進來，周圍一片寂靜。

我搖晃著克洛德，試圖叫醒他。但克洛德依舊沒有任何反應，一個恐怖的想法在腦海中浮現，我頓時停下了手上的動作。啊，難道他死了嗎?!他還有在呼吸嗎?!昨晚插在他頭上的樹枝居然不見了！明明沒有流血，但為什麼他一動也不動？

我驚恐地把耳朵貼在他的胸口，在聽到撲通撲通的心跳聲後，才終於放下心中的大石頭，深深地吐了一口氣。不是啊，路卡斯這傢伙把我們弄成這樣，自己又跑到哪裡去了？他是知道我醒來後絕對會找他算帳，所以先逃走了嗎？

「呃……」

就在這時，一道壓抑的呻吟自耳邊傳來。

我嚇了一跳，連忙低下頭關心克洛德。

「爸爸！您醒了嗎？」

意識還沒完全恢復，克洛德微微蹙起眉頭，似乎是感受到昨天暈倒撞到地板造成的輕微疼痛。一看到克洛德睜開眼睛，我便迫不及待地檢查他的狀況。

「爸爸，您有哪裡不舒服嗎？是頭嗎？或是頭？還是頭嗎？」

哎呀，我真的很擔心昨天被路卡斯無情插進樹枝的腦袋。雖然我並無大礙，但插進克洛德頭上的樹枝更粗更長，我也不確定會不會有什麼後遺症。

隨著克洛德的視線逐漸清晰，他的眼神緊緊地盯著我。片刻過後，他的表情突然一變。

「爸爸？」

這、這是什麼情況？難道有什麼後遺症嗎？路卡斯這傢伙，還敢自稱什麼美少年天才魔法師！在我焦急得如同熱鍋上的螞蟻時，克洛德的表情卻無緣無故地不停變換。他先是一臉茫然，而後立刻僵硬了起來，緊接著又像突然被人打了一拳，痛苦地皺起眉頭。平靜無波的水面和波濤洶湧的浪潮交替出現在他的寶石眼中。

「阿塔娜西亞。」

混亂之中，他叫出了我的名字。

我凝視著他的臉，屏住了呼吸。是我的錯覺嗎？雖然無法用言語形容，但確實有什麼東西變得不太一樣了。

「阿塔娜西亞。」

他的眼神、他的聲音，都和前些時候不一樣了。我屏息觀察著眼前的人，聽著他一次又一次的低聲呼喚。

終於，克洛德的表情恢復平靜，他看著我的眼睛就像風暴過後的海面一樣平靜無波。

隨後，他向我伸出了手。

「過來這裡。」

那一刻，我不自覺地張開嘴巴，茫然地喃喃自語。

「爸爸……？」

我小聲的呼喊彷彿在確認些什麼，而克洛德毫不猶豫地回答了我。

「嗯。」

他的眼神無疑比我昨天見到的他讓我更加熟悉，但我還是無法相信，只能顫顫巍巍地再次開口詢問。

「……真的是爸爸嗎？」

看到我不敢置信的茫然表情，他突然皺起眉頭。他的嘴唇輕輕地吐出一聲嘆息，並將手伸向我的臉頰。

「是。」

他的表情依然平淡，聲音也依舊木訥，但他看向我的眼神卻讓我的心瞬間流過一股暖意。

啊……克洛德真的找回所有失去的記憶了。

我帶著哽咽的聲音，撲進了克洛德懷裡。

「爸、爸爸……！」

曾經覺得就算他無法恢復記憶也無所謂，但看來我的真心並非如此。就像與許久未見的人重逢一般，我的心口發緊，彷彿快要喘不過氣。感覺到他毫不猶豫地張開雙臂回抱著我，我也把臉貼在他結實的胸膛上輕輕摩蹭。

是爸爸。真的是爸爸。

「這段時間妳好像變重了。」

「……笨蛋爸爸。」

聽到他低沉的笑聲和傳到耳邊的調侃，我生怕他會消失般把他抱得更緊了。

就這樣，在我十五歲的早晨，克洛德再次回到了我身邊。

果然正如路卡斯所說，這真的是最棒的生日禮物。

——《某天成為公主03》完

SU003

某天成為公主Ⅲ
어느 날 공주가 되어버렸다

作　　者　Plutus
譯　　者　朱紹慈
封面設計　CC
封面繪者　SONNET
責任編輯　任芸慧

發　　行　深空出版
出 版 者　星巡文化有限公司
地　　址　臺北市中正區重慶南路一段 57號 7樓之 5
法律顧問　泓準法律事務所 孫瀅晴律師
電　　話　(02)7709-6893
傳　　真　(02)7736-2136
電子信箱　service@starwatcher.com.tw
官網網址　www.starwatcher.com.tw
初版日期　2024年 08月

總 經 銷　聯合發行股份有限公司
地　　址　新北市新店區寶橋路 235巷 6弄 6號 2樓
電　　話　(02)2917-8022

國家圖書館出版品預行編目(CIP)資料

某天成為公主/Plutus著. -- 初版. -- 臺北市：
星巡文化有限公司出版：深空出版發行, 2024.08
冊；　公分
ISBN 978-626-74122-4-4 第 3 冊：平裝). --
862.57　　113006458